凱信企管

**用對的方法充實自己，
讓人生變得更美好！**

凱信企管

用對的方法充實自己，
讓人生變得更美好！

凱信企管

用對的方法充實自己，
讓人生變得更美好！

凱信企管

用對的方法充實自己，
讓人生變得更美好！

英文字神

玩轉單字

學一次，能用一輩子的單字記憶法！

Ian ／ WORD UP 聰明學習 創辦人

為單字記憶賦予邏輯

WORD UP 做為「幫助學生有效率學習」的服務,「英文單字學習」是我們最先開始、耕耘最久,也是目前最為人所知的重點方向。這些年在單字學習路上的耕耘中,我們深刻理解到如果先以「記憶單字」的目的切入,那麼「為單字附予某種記憶上的連結」,就是至關重要的學習方式。這種連結可能是聲音(例如:自然發音、歌謠),可能是關連片語、用法(collocation)等等。而因為我們每天的生活,都不斷被訓練觀察「邏輯」(例如:因為……發生了,所以……),所以為單字附予「邏輯」就是對於大部分的人來說,非常有效的方式。例如:這裡如果列出一串數字:1, 0, 0, 1, 5, 0, 2, 0, 0,這樣的數列本身無意義且看過就忘了,但若說明這是 100, 150, 200 的組合(各相差 50),就會迅速記起這排數字。而「字根首尾」,就是在為單字附予邏輯上,極為傑出的方法。

這幾年我們在跟國內長年研究字根的老師—楊智民老師的合作中,更深入地認識字根首尾在學習單字上的威力。而這過程中著實讓我不禁感慨:「如果當年學生時期就理解這個學習法,該有多好!」不過字根眾多,如何正確地做字根拆解、理解字根語意,這是個高深的學問。一般學習者要善用字根來學習單字,還是要有專業人士將字根做有條理的整理,更好的是深入淺出,方能事半功倍。

此書作者莊詠翔，師承楊智民老師，並且也善用字根首尾來記憶單字，取得全國單字比賽冠軍的佳績，足見作者在字根學方面的實力。而作者在敝公司工作的過程中，我亦從旁觀察其夙夜匪懈研究字根學、博查資料，並且撰寫此書的用心，真正做到「學單字」、「玩單字」。

　　相信透過此書中介紹的「字根首尾拆解」、「格林法則」、「音相近、義相連」等觀念，讀者們也可以體會英文單字構字的奧妙，擺脫死背的方法，更有效學習單字！

楊智民（格林法則研究專家）

藝傳三代繼絕學，技職青年締傳奇

得知詠翔要寫這本新書時，我曾經很嚴肅地問他是否能夠突破自己的天花板，超越第一本書《全國高中生英文單字比賽冠軍的私密筆記：英文字神教你三大記憶法，帶你從學習中脫困，大考逆轉勝》的格局，擘劃出別開生面的新作，而不是走上自我重複的老路？沒想到他很有自信地回答：「可以。」一開始我還將信將疑，因為在他的處女作中所提到的三大單字學習法：字根首尾學習法、格林法則學習法、語音表義學習法，光這三大學習法就能涵蓋單字學習的大部分面向，在寫一本新書時，詠翔是否能自出機杼，重啟單字學習的新扉頁……說實在，我是存疑的！畢竟要能夠創新，突破自己、超越前輩是多麼不容易的事啊！

然而，當詠翔和我討論本書的架構時，我突然驚覺詠翔這幾年突飛猛進，真的是一日千里，他在既有基礎下，繼續深耕，將單字學習推到另一個更高的境界。在寫書過程中，詠翔已經成為可以和我一起討論的夥伴，每次遇到疑難雜症，詠翔會善用北科大的圖書館資源，善用專書、國外期刊、博碩士論文等較新的研究資料來解決問題，如果看了資料仍然有疑問，他會和我討論，共同商討解決之法。我和詠翔雖名為師生，但現在更是討論各式各樣英語學習疑難雜症的最佳夥伴。

在介紹詠翔這本書前，我想先和大家分享詠翔所推廣的單字學習法的傳承系譜及來龍去脈。我們知道國內單字教學門派林立，百家爭鳴，其中政大莫建清教授是對單字教學研究最深入的一位學者，我所學的字根首尾學習法、語音表義學習法、語音轉換學習法，都是師承莫建清教授，近年來和莫老師更是合作完成一本新書，期盼讓單字學習法更貼近普羅大眾，往下扎根。此外，謝忠理老師的字彙方法學課程，教授印歐語詞根，從較高的層次來統整拉丁字根、希臘字根、英語固有字根，並藉由轉音，將許多產生音變、形變的字根串連起來，透過印歐語詞根，把單字一串一串地串聯起來，每一個印歐語詞根所衍生的拉丁字根、希臘字根、英語字根及衍生單字就像是結實累累的葡萄串，掌握每一個印歐語詞根，就可牢牢抓住許多看似無關的單字，非常有效率！謝老師的字彙方法學是單字學習的一股清流，當年師從謝忠理老師，才得以傳承此一絕學。

　　回想當年詠翔初接觸字根首尾時，都靠自己摸索，並參考坊間書籍及網路資料，雖然成功記憶不少單字，仍然只得皮毛，以為字根字首字尾只是像積木一樣堆疊排列。直到上過我的課之後，詠翔用他那永不服輸的精神，以及莫大的意志力和毅力，將所有我傳承給他的內容讀懂、融會貫通，才脫胎換骨，對單字學習才不至於盲目追求單字量，而在單字學習的本質上產生了巨大的改變。上了大學之後，詠翔更是閱讀大量的原文經典，如：構詞學、字源學、聲韻學等語言學書籍（有興趣的朋友，請參考附錄），進而創出從拉丁、希臘單字找字根的三大原則，並提出單字拆解的 SOP，最終以印歐語詞根和心智圖來延伸單字。此外，詠翔還根據我所提出的轉音六大模式，進一步提出加強版的轉音六大模式，並整理出許多印歐語詞根音變的規則，實為國內單字學習叢書中罕見書籍，令人眼睛為之一亮。

　　簡言之，詠翔將莫建清教授、謝忠理老師、我的論述以及諸多理論整合，創出屬於自己的一套單字學習方式，這套方式可使單字學習更有效率，能夠造就更多學霸及成功學習者。身為本書審定者，在閱讀詠翔文字時，讀到精采處常會拍案叫絕，一想到學生有如此成就，實在感到欣慰。從莫建清教授、謝忠

理博士，到筆者、陳冠名老師、蘇秦老師這代，雖已成功將單字學習法推廣出去，在國內開枝散葉，如今已有許多文教機構以及普羅大眾，接受並使用這些單字學習法，學習成效斐然。

　　我在分享這些單字學習法時，從不藏私，常自詡為英語傳教士，但求大家都能學會這些方法，以幫助大家在學習上進步為首要目標。至於有老師學會我的方法後，將方法教給其他人，我也樂見其成。在這些成功學習者中，詠翔毫無疑問是最傑出、最優秀的一位。我推廣單字學習法多年，看到江山代有人才出，後繼有人，且繼承者在 20 多歲這個年紀就能有如此豐碩的研究成果，實在令人讚嘆！最後，誠摯地向大家推薦這本波瀾壯闊、精彩絕倫，宛如史詩般的《英文字神玩轉單字：學一次，能用一輩子的單字記憶法！》。身為審定者，有幸搶頭香當第一位讀者，細細品嘗精彩內容，深知本書勢必成經典。典藏本書，閱讀本書，必能讓您的英文學習產生信心，學習成效大躍進，人人都能成為厲害的「莊詠翔們」。

陳冠名（字根首尾分析神人）

0.01% 的重量

我曾經在今年問我的好友佛洛阿水（國內最強操盤手之一和最強的諮商心理師），為何會放棄自己看盤，選擇跟某個朋友的單。阿水從小就被認為是個學霸，台大財務金融學系、高師大輔導與諮商研究所，目前就讀於台大博士班。阿水 22 歲時發生嚴重車禍，導致半身不遂，從此坐在輪椅上，但卻因為他超人的智慧、學習能力和意志力，不管是在投資，或者是心理諮商，乃至政經分析各個領域，都是個天才，也有長期的投資經驗，會這麼相信某位朋友一定有原因。

阿水很簡單講他的結論：**1% 跟 0.01% 的差異。**

阿水中學的時候做過智力測驗，約 140，離常態中值 100，大概 2.6 個標準差，相當於 100 個贏 99 個，換句話說排名 1%。

台灣現在一年不到 20 萬人出生，台大大學部一年招生 3600 人，如果先不管其他變數，只單純用智力做標準。前 2% 的人就能進到台大，前 1% 的人在台大約排中間。而很多人看頂大、頂尖公司，都以為裡面都是同一個群體，但這個世界上，還存在前 0.01% 以內的人類。阿水在很早的時候就看破，不管是學校的學習、出社會後的成就，或是投資的績效他都遠遠不及，特別是 **0.01% 們比他更努力的時候。**

0.01% 們可以在 2021 年二月，看到物流壅塞將拉動海運運費乃至於航運股噴出；在 2021 年五月本土疫情，知道疫情只會影響內需，不會影響外銷，然後比對國外的股市，在五月底抄底原物料；六七月看到二手車價大漲，鑽研背後原因是新車缺晶片，等台積電開始在供應汽車晶片，押注汽車電子；八九月看到景氣過度期，避開回檔；十月看到翻多訊號再進場；十二月從反萊豬跟反三接公投不過，推演出大盤會漲一波進場壓多單，然後利用一月台積電的法說利多從容下車；2022 農曆年前從 Omicron 的疫情走勢，看出全球即將大解封，要大家買航空、出遊、娛樂股。

　　賺錢或者主流社會的成就，是**上天對他們的天分跟努力的回應**。

　　我心中的天才阿水認識幾個這樣的朋友後（其實也才三個），就知道他再努力往前，也只是往 0.01% 們的方向走，但永遠沒辦法並肩，因為阿水很清楚**自己拚命的極限**，**是對方的下限**，你不可能追得上一個遠遠在你前面、動起來速度比你快，還一直在前進的人。

　　對朋友認輸不可恥，但要知道怎麼善用資源，所以阿水的結論就是**跟著學習**，看得懂**會跟**就好。

　　而身為英文老師的我，認為我在英文學習的領域，連前面 10% 都排不進去，但很有幸的，我受教於恩師莫建清教授、謝忠理博士、鍾溫泉老師（前台中一中資優班英文老師、現為華盛頓中學醫科保證班英文老師），後來更認識了白老師英文補教名師廖柏州老師、員林家商應用英語科的主任楊智民老師，和他的天才學生莊詠翔。在英文學習的領域，不論是前輩或是後生晚輩，他們都是 0.01% 們，現在我在英文教或學的領域有問題，除了智民老師和柏州老師，我也會跟我的後生晚輩詠翔發問，正所謂**先生可敬**，**後生可畏**。我覺得雖然跟 0.01% 們相距甚遠，但至少不用背著山大的獨孤重量……

詠翔來自名不經傳的高職學校，但是在高一拜讀了楊智民老師大作，後來因緣際會了成了智民老師的學生，在十六歲就擊敗一百多位明星學校高手，拿到「全國高中生單字比賽冠軍」，被同學譽為「學霸」和「字神」。詠翔在語言學習的領域，正是阿水口中的 0.01%。詠翔使用**字根首尾、格林法則和原始印歐語**來學習英文的方法與造詣，不但屌打同年齡的英文系學生，更讓我們這些英文老師汗顏。**沒有慧根，也要會跟。**年近半百的我，從來不會覺得跟後生晚輩學習是一件可恥的事，因為**弱小並不可恥，可恥是不去變強。**

　　我何等有幸，身邊有幾位 0.01% 的天才，讓我跟著他們學習，不管是在投資領域、醫療領域、法律領域，或者是學習英語的領域。而各位讀者何等有幸，能透過一本書，看到莊詠翔這位 0.01% 的語言天才，無私地分享他的學英文祕訣。這是詠翔的第二本書，但我相信並不是最後一本，也祝福大家，跟著詠翔這位 0.01%、不世出的天才，在英文學習的航道一起乘風破浪，勇往直前吧！

不斷地學習，方能再創新突破

　　自從處女作《全國高中生英文單字比賽冠軍的私密筆記：英文字神教你三大記憶法，帶你從學習中脫困，大考逆轉勝》出版過後，短時間內就沒有寫書的念頭了。大學二、三年級的我沉迷於英語史、構詞學、字源學、語音學、音韻學、歷史語言學、拉丁文、希臘文等，儘管沒有寫作，我還是會不時地閱讀這類的書籍，做筆記，只為了讓自己擁有更堅固的背景知識。當我翻到劍橋《English Words History and Structure》的 56 和 63 頁時，謝忠理老師的字彙方法學課程浮現在我腦海裡，我將這本書放在一旁，把在 YouTube 上的字彙方法學課程放到左邊螢幕，右邊螢幕放著 American Heritage Dictionary 這個線上字典，我好像想到了什麼。

　　我拿著 iPad 構思著，以自己的方式歸類單字、將這些單字用我的方式拆解，再隨意畫個心智圖統整詞素與單字，過程中也不斷翻閱著《The Structure of English Words》和莫建清教授的《三民精解英漢字典》做參考，這兩本書幫助我度過拆解單字的困境。儘管嘗試了許多統整單字的模式，我還是找不到一個最好、最適合的。然而，當我細看 American Heritage Dictionary 後，我才意識到：統整單字好不困難！正當我發現一次統整、學習很多單字的祕密後，便奮筆疾書，唯恐剎那間忘記這突如其來的想法。

把這個想法記錄下來過後，和本書的審訂者楊智民老師討論了一下，還記得他說了一句：「還蠻有趣的！」我才覺得這個方法是可行的。正當我有非常多想法的時候，凱信出版社很剛好地提出寫第二本書的邀約，雖然知道會需要寫很久，但我依然沒有拒絕。寫書的初期，我不斷翻閱各種原文書，參考不同權威作家的嘔心瀝血，只為確保本書內容沒有出入；本書第二位審定者陳冠名老師也給了相當多建議，受益匪淺。寫書的後期，我在 WORD UP 實習，上班時努力工作，下班後就是打開文書軟體拚命打書，成為公司數一數二晚走的人。上班學到很多技能，下班馬上打書，這種無縫接軌的過程讓我實習的日子過得相當充實。

　　本書得以完成，要感謝以上提到的各位，不管是凱信出版社、WORD UP，還是對我極具影響力的老師與教授們，特別要感謝凱信出版社，可以把我的想法與思維編排成一本單字學習寶典，讓所有讀者可以體會所有單字的奧祕，輕鬆、無痛玩單字！

莊詠翔

目錄

導讀

第一章 學習單字的關鍵

第二章 字源工坊

第三章 後記

附錄

導讀

⯅ 這本書會介紹什麼?

　　這本書會介紹**字根首尾**、**格林法則**和**原始印歐語**,讓你在學習單字時可以融會貫通。在介紹這三個較難理解的概念時,也會輔以簡單易懂的語言學、構詞學知識和例子加以解釋,同時也會搭配充分的**練習題**供讀者練習,讓讀者不只可以熟悉概念,更能靈活運用這些知能來學習單字。另外,為了讓讀者在學習單字時有適合的**線上字源字典**可供查詢,本書也介紹好用的字典,並深入解析這些字典的功能,讓讀者在短時間內熟悉這些字典,並能直接運用在學習單字上。本書的第二章有**範例單字**,這些單字都是以原始印歐語延伸,使用格林法則將同源可轉音單字和字根歸類在一起,也告訴讀者如何透過轉音「以簡單字學習困難字根與單字」。另外,每個單字也會以字根首尾拆解,讓讀者更深入了解每個單字的造字邏輯與原理。所有主要單字都會有例句,讓讀者不只背下單字,也學會如何使用單字。

⯅ 為什麼要學習單字?

　　語言的基礎是單字,不管聽說讀寫都是,缺乏良好基礎,語言學習會顯得相當困難。但究竟要如何學習?用什麼方法才是最好的?在解釋之前,我想先和讀者概述英文是一個什麼樣的語言。

英文屬於日耳曼語系，語系可以想做是具有共同祖先、相同血緣關係的許多語言所組成的家族，屬於日耳曼語系的還有德語、丹麥語、瑞典語等。每個語言通常都會向其他語言或其他語系的語言借字，英文也不例外。英文向其他語言借了約八成的詞彙量，其中包含最大宗的拉丁文、法文和希臘文等，而這三個語言都**不屬於**日耳曼語系。也就是說，英文單字有約**八成是「外來借字」**，只有剩約**兩成是英文的「本土單字」**，是英文這個語言自己本來就有的詞彙。

值得留意的是，這些外來借字通常都是較專業的用字，而且**絕大部分都可以拆解**，也就是一個單字可以拆解成數個字根首尾。每個字根首尾可以看做是一個個**零件**，這些零件會重複出現於很多單字中。也就是說，就算遇到一個你沒看過的單字，也有可能可以在該單字中發現你看過的字根首尾。舉例來說，大部分人都知道電話是 telephone，*tele-* 是代表「遠」的字首，*phon* 是代表「聲音」的字根，最後的 *-e* 是名詞字尾，知道這些之後，當你看到一個從未見過的單字 homophone 時，你就會有線索可以猜測意思了，你會猜這個字和什麼有關呢？想必是「聲音」吧！因為兩個字都有 *phon* 這個零件（字根）。那 homophone 又是什麼呢？在查字典之前，不妨想一下 homosexual 的意思是什麼？ homosexual 是「同性戀的」，又因為 sexual 有關「性」，所以前方的 *homo-* 想必就是「同」的意思。看回 homophone，*homo-* 是「同；相同」、*phon* 是「聲音」、*-e* 是名詞字尾，其實 homophone 就是「同音異義字」的意思，也就是「相同發音卻不同意思的詞彙」，如英文 sow（播種）和 sew（縫紉）兩字互為 homophones。

光靠字根首尾，學習單字就有無限多可能，隨著接觸的單字量增多，你的邏輯思維也變得更靈活，就算遇到沒看過的單字，憑藉著遇過的各種零件（字根首尾），你的大腦會提供很多線索，讓你輕鬆學習生字，減輕記憶負擔。所以說，字根首尾一定可以在你學習單字時助你一臂之力。除了不停學習單字，也要有適量的輸入與輸出，也就是要多聽、多說、多看和多寫，學習單字的用法也非常重要！

◥ 如何學習單字？

在《*The Structure of English Words*》一書中，作者提到學習單字有三種方式：**逐漸吸收**（absorption ｜ *ab- / sorp / -tion*）、**刻意記憶**（memorization ｜ *mem / -or- / -ize / -ation*）和**詳細分析**（analysis ｜ *ana- / lys / -is*）。

本土單字通常語意明確且具體，單字長度較短，學習者也較熟悉，這類的字大部分都是依靠學習者逐漸吸收來記憶，也就是看多、聽多，自然而然就記起來了。不過，還是有少部分較不常見的本土單字，如 thrice 或 thane，這類字通常需要刻意記憶，不過還是只占本土單字的少部分。另外，本土單字也會有重複出現的字首或字尾，如 *be-* 和 *-hood*，這類單字也可以透過詳細分析來記憶。

非拉丁文、希臘文或法文的借字，通常需要刻意記憶學習，如源自中文的 ketchup，無法拆解，只能記下來。作者提到了，雖然這類借字有可能會有重複出現的字母群，如 tycoon 和 typhoon 的 ty，不過因為這個 ty 很少出現在其他地方，所以很難依靠詳細分析來記憶。

源自拉丁文、希臘文和法文的單字最適合詳細分析記憶，也就是分析單字的字根首尾和核心語意。以下會告訴你為什麼要學習字根首尾。

↖ 為什麼要學字根首尾？

　　對於中文母語人士來說，**學習英文可以很簡單**，為什麼呢？遇到不會的中文字，我們會觀察該字是否有已知的部首，藉以猜測該字的可能意思。以中文的「讅」為例，這個字有「言」部，想必和「說話；文字」有關。其實這個中文字就是「話很多」的意思，雖然是不常見的字，但還是可以快速學起來。

　　英文也是一樣道理，我們可以**用已知訊息來猜測生字的意思**，那要怎麼實際應用呢？就拿剛剛從 telephone 節取出來的字根 *phon* 舉例吧！*phon* 這個字根出現在很多常見單字中，包含：

- p<u>hon</u>e（電話）
- p<u>hon</u>ics（自然發音）
- micro<u>phon</u>e（麥克風）
- p<u>hon</u>etic（語音的）
- p<u>hon</u>etics（語音學）
- p<u>hon</u>etician（語音學家）
- p<u>hon</u>ology（音韻學）
- p<u>hon</u>ological（音韻學的）
- p<u>hon</u>ologist（音韻學家）
- sym<u>phon</u>y（交響樂）
- xylo<u>phon</u>e（木琴）
- saxo<u>phon</u>e（撒克斯風）

phon 也出現在其他較不常見的專業用字中，包含：
- anti<u>phon</u>al（對唱的；兩組輪流的）
- a<u>phon</u>ia（失聲症）
- caco<u>phon</u>y（雜音；刺耳的聲音）
- eu<u>phon</u>y（悅耳動聽）
- gramo<u>phon</u>e（留聲機）
- mega<u>phon</u>e（大聲公）

上述這些單字也可以解決學生們心中的一個疑惑，也就是「拆解過後不是更麻煩嗎？不只要背單字本身，還要背個別的字根首尾。」事實上，學習字根首尾完全不會有這個問題，因為就像上面所說的：「每個字根首尾可以看做是一個個零件，**這些零件會重複出現於很多單字中**，它們並不是『單』字。」另外，當相同字根首尾出現在不同單字中時，它們的核心意思不太會改變，所以上面舉的所有有關 *phon* 的單字，都有「聲音」的意思，不會突然在某一個單字中，*phon* 就變成和「聲音」一點關係都沒有的意思。

一般坊間的字根首尾書有個特點，它會將所有重要的字根首尾列出來，告訴你每個字根首尾的意思，並列出常見的延伸單字。但你有想過，字根首尾到底是什麼嗎？為什麼字根會有意思？它又為什麼可以延伸出單字？另外，假設之後遇到一個生字，單字書裡找不到它的蹤跡，你要怎麼知道這個單字的拆解方法呢？字根首尾又藏在單字中的哪裡呢？本書都會一一幫你解答。本書有個核心理念：**與其幫你拆解所有重要單字，這本書會更傾向教你如何拆解，讓你掌握拆解單字的訣竅。**

◤ 為什麼要學格林法則?

本書以雅各布・格林所發現的格林法則，及莫建清教授與楊智民老師兩人提出的轉音模式為基礎，幫讀者打造終極轉音六大模式。提出轉音六大模式，並不是要讀者將所有可以互相轉換的音背下來，而是幫助讀者以「**音相近，義相連**」的概念，來更靈活地學習字根首尾與單字。舉例來說，表示「腳」的字根 *ped*（如「行人」的英文 pedestrian）和表示「最不好的」的字根 *pess*（如「悲觀的」的英文 pessimistic），兩者雖然看起來沒有關聯，不過卻同源，兩個字根後方的子音部分可以轉音，又因為「腳」位於人的最下方，衍生出「最低的」的意思，後來就變成了「最差的」的意思。搭配著轉音和字根的衍生義，很快就可以把這兩個看起來不相干的字根記下來了。

除了將數個看似毫不相干的字根一起聯想並轉音，轉音六大模式還有一個非常重要的功能，那就是：透過**轉音將簡單字轉成困難字根或單字，並透過簡單的單字來記憶複雜的字根或單字**。舉例來說，foot 和字根 *ped* 不只同源，還可以相互轉音，兩者的意思也一模一樣，這樣一來，記憶 *ped* 這個字根也不成難事了。另外 foot 和 pawn 也同源，也可以相互轉音，兩者的意思也相近：foot 是「腳」、pawn 則是「（棋盤類遊戲的）兵、卒」，我們可以這樣聯想：這些相對來說最沒有價值的「兵、卒」只能用「腳」走路。

「音相近，義相連」是楊智民老師和蘇秦老師所提出的重要觀念，這個觀念將貫穿全書，希望讀者可以銘記在心，它會帶引你更深入了解單字，也帶你更了解如何快速記憶那些看似和其他單字毫無連結的字根首尾和單字。

⌐ 為什麼要了解原始印歐語?

　　原始印歐語是語言學家透過語言比較所建構出來的語言,是一個現今不實際存在於世界上的語言。因為這個原因,所以讀者不需要「學習」原始印歐語,而是要「了解」如何搭配原始印歐語來學習單字。原始印歐語可說是字根首尾和格林法則之間的橋樑,它會讓你更了解單字(字根)核心語意的意義與作用,也會讓你更了解單字的構造與組成。本書將數個在字根首尾書裡,看似不相干的字根合併在一起講,並且列出相對應的延伸單字。舉例來說,原始印歐語 *leuk- 是「光;亮」,它可以延伸出拉丁文 lūmen、lūna、lustrum / lūstrāre、lūcēre 和希臘文的 leukós,去除這些單字的字尾後可以得到英文字根(第一章節會告訴你為什麼),分別是代表「光」的 lum、代表「月亮」的 lun、代表「照亮;淨化」的 luster、代表「發光」的 luc 和代表「白色」的 leuk。這些字根的核心語意都是原始印歐語 *leuk- 的「光;亮」。這些字根延伸出的單字也都會包含這個印歐語的核心語意,各舉一個單字為例:il**lum**inate(照亮)、**lun**ar(月亮的)、**luster**(光澤;光彩)、**luc**id(清楚明瞭的)和 **leuk**emia(白血病)。

　　這本書也因為原始印歐語而特別,因為本書將單個原始印歐語字根延伸出多個英文字根,再從這些字根延伸出同源且有相同核心語意的單字。

↖ 為什麼你需要這本書?

市面上這麼多字根首尾的書,為什麼你一定要讀這本?

第一章節介紹字根首尾、格林法則和原始印歐語,讓你在學會所有內容後,能夠**輕鬆「玩」單字**;第二章節是字源工坊,所有範例單字都在這裡,讓你更了解最有邏輯的單字學習法;第三章節會介紹本書是如何使用 American Heritage Dictionary、Online Etymology Dictionary 和 Wiktionary 等字典,來統整第二章節的單字;附錄會附上常見字根首尾表和參考解答,當然還有索引以及包含眾多權威書籍的參考書目。

本書在第一章節介紹所有你必須知道的知識,讓你可以自行創建屬於自己的單字庫,更能發展出屬於自己學單字的邏輯與概念。作者參考許多權威書籍,考據謹慎,使用許多不同字源書籍和網站比對字源,讓每個單字的字源更加正確合理。看完這本書之後,你就有能力可以做到:**看到每個生字都迎刃而解**,每次遇到生字都可以記得比以前還快。用我最近在 GRE 單字書遇到的生字做舉例:extirpation 是「根除;消滅」,為較正式用字,可以拆解成 ex- / (s)tir / -p- / -at(e) / -ion,唯有字根我沒看過,不過經考據,字根 *stir* 源自拉丁文,可以追溯到原始印歐語 **ster-*;**ster-* 是「硬的;結實的」,這個原始印歐語的延伸單字有 chole**ster**ol(膽固醇),cholesterol 中間的字根 *ster* 就可以直接對應到中文的「固」,「固」和「硬的;結實的」意思相近。我用 cholesterol 這樣的已知單字背下 *ster*、*stir* 這個字根,到了 extirpation,這個單字字面上的意思就類似「把很硬的樹根拔起來」,和單字解釋「根除;消滅」有異曲同工之妙。

雖然這個記憶過程看起來很繁瑣,不過真正操作下來卻非常快速,我當時也很快就把這個單字學起來了。認真看完這本書後,相信你也可以這樣快速學習單字!

⌐ 如何使用這本書？

使用這本書的一大原則：**不要只是「讀」這本書**，而是要邊讀邊作筆記，還要邊寫練習題，這樣才可以快速了解一個較抽象的概念，也可以讓你對字根首尾、格林法則和原始印歐語更能融會貫通。在閱讀介紹線上字典的章節時，非常建議讀者可以開啟手機或電腦，跟著書的步驟操作學習。

另外，所有單字的音標都是以 KK 音標呈現，以下是範例單字與音標發音的對應表，有標示粗體及底線的字母就可以對應到音標的發音。

無聲子音

範例單字	音標	範例單字	音標
pen	[p]	**th**ank	[θ]
ten	[t]	**sh**ort	[ʃ]
can	[k]	**ch**air	[tʃ]
fan	[f]	**h**ome	[h]
so	[s]		

有聲子音

範例單字	音標	範例單字	音標
book	[b]	**m**om	[m]
do	[d]	**n**o	[n]
go	[g]	si**ng**	[ŋ]
van	[v]	**l**ook	[l]
zoo	[z]	**r**ain	[r]
this	[ð]	**y**es	[j]
mea**s**ure	[ʒ]	**w**in	[w]
john	[dʒ]		

單母音

範例單字	音標	範例單字	音標
s**ee**	[i]	t**oo**	[u]
s**i**t	[ɪ]	p**u**t	[ʊ]
s**ay**	[e]	s**u**n	[ʌ]
b**e**d	[ɛ]	**a**gain	[ə]
c**a**t	[æ]	teach**er**	[ɚ]
h**o**t	[ɑ]	b**ir**d	[ɝ]
n**o**se	[o]	d**o**g	[ɔ]

雙母音

範例單字	音標	範例單字	音標
p**ie**	[aɪ]	t**oy**	[ɔɪ]
h**ou**se	[aʊ]		

　　另外，本書所有「非英文單字」的拉丁字母，都是以斜體呈現，包含：英文字根首尾、其他語言的單字等，除非單字前方有清楚標示是哪個語言的單字，如：L. capere 代表拉丁文的 *capere*。

　　最後，希望讀者可以用心體會書中的幽微之處，願各位可以了解單字的奧祕，不再害怕，能夠輕鬆學習單字！

Chapter

學習單字的關鍵

1.1 「背」單字、「學」單字、「玩」單字

你是否和我一樣，從國中開始，學校就更注重單字，老師們常常會使用聽寫測驗，或是搭配教科書隨附的測驗卷幫學生複習單字？到了高中，單字量一夕飆高，學生一時無法負荷，**「單字」**成為許多學生們的夢魘，也成為學好英文這條道路上的絆腳石。其實，當時剛上高一的我也不例外。我在國中自認英文很好，因為英文成績是所有科目中最突出的，也因為這個關係，我認為之後都可以保持這個水準。到了高中，一切截然不同，英文老師為班上準備了單字書和雜誌，同學們每周除了要完成教科書的習作本，還要背一至兩回單字書和雜誌的單字。每周的單字量對當時的我來說是相當可觀的！我慢慢跟不上單字的進度，也發覺自己漸漸落後其他同學。

然而，這些跟不上進度的辛酸和龐大單字量所造成的壓力，從我認識**「字根首尾」**後漸漸消失。個性不服輸的我，常常會因為英文成績差人一等而找尋學英文的訣竅。學英文不外乎是聽、說、讀、寫這四項技能，這四項技能都和單字息息相關，意識到需要加強單字量的我，開始嘗試不同學習單字的方法。剛開始學習「字根首尾」是相當累人的一件事，原因有兩個：第一，學校老師通常不會強調字根首尾，要靠自己摸索，挑戰程度高；第二，不得其法時，學習效率甚至比

直接死背單字還來得低。雖然初期遇到很多挫折，但堅持六個多月後，事情有了些轉變。「作筆記並搭配字根首尾」成為我高一時最厲害且有效率的背單字方法。以新單字來說，一天背二、三十個不是問題，複習單字的時候也因為字根首尾的輔助，單字遺忘程度大幅降低。只不過，單字量與難度仍持續飆高……

「格林法則」彷彿開啟了另一道智慧之門，讓我重新認識單字。到了高二，我們班換了一位英文老師，他是位深藏不露且才智過人的老師─本書的審定者楊智民老師。第一堂課我就被他的教學方法深深吸引住，因為他不只和我們分享字根首尾的相關知識，還述說了許多背單字的方法，其中一個方法便是「格林法則」。雖然字根首尾和格林法則聽起來像是毫無關聯的專有名詞，但它們在某種程度上卻密不可分。熟悉了基礎字根首尾後再接觸格林法則，它會帶你更上一層樓，讓你一探單字的奧祕，進而提升對單字的熟悉度。

高一的我用字根首尾**「背」單字**，高二、三的我搭配著格林法則**「學」單字**，而此時此刻的我正探索著原始印歐語**「玩」單字**。

「原始印歐語」帶我到學習單字的另一個境界。我相信聽過格林法則的人不多，聽過原始印歐語的人更是少之又少，不過，原始印歐語是歐洲多數語言的祖先，更是英文的老祖宗，對於學習英文單字有很大的助益，值得深入探討。原始印歐語顧名思義就是在印歐地區最原始的語言，涵蓋範圍相當大，是世界上分布最廣泛的語系。我們在學格林法則時多少都會接觸到原始印歐語，因為在看字源辭典考據時，會常看到專有名詞 PIE，也就是 Proto-Indo-European。知道原始印歐語後，再來看字根字首字尾及格林法則會更豁然開朗，視野更高，學習單字更是遊刃有餘，這就是為什麼說此刻的我正在「玩」單字。我不僅知道單字的前世今生，語意變化的來龍去脈，我甚至可以同時學習其他歐洲語言，並和英文單字做比較。誠如我所說，原始印歐語是多數語言的祖先，常見的語言包含英文、西班牙文、法文、義大利文、葡萄牙文、德文、希臘文、拉丁文等，如果有學過

多個語言的各位，一定會發覺很多單字在不同語言裡長得很像，例如：英文的 telephone 在法文是 *téléphone*、德文是 *Telefon*、葡萄牙文是 *telefone*、義大利文是 *telefono*、西班牙文是 *teléfono*，明明各個語言看起來都是獨立的個體，為什麼同樣單字會長得這麼像？這關係到原始印歐語和各個語言的發展歷史，繼續讀下去，你一定會發現其奧祕的！

你想更清楚知道字根首尾、格林法則、原始印歐語三者之間的關聯嗎？其實這三個元素息息相關，這本書就是要帶著各位讀者悟透這三個元素，並且學會將這三大元素運用在單字記憶上。相信我，這本書將會是你看過最詳盡、最講究實際效用的單字記憶工具書，跟著本書的進度一步一步走，相信你也可以成為「玩」單字的單字記憶達人！我有個小提醒：**在閱讀接下來的章節之前，請準備好你的筆記本，因為即將公開大量的單字學習資訊，建議你邊讀邊作筆記，才會有高成效喔！**

1.2 玩單字第一步｜字根首尾

▌1.2.1 字根首尾的介紹

字根首尾的介紹 Introduction (*intro- / duc / -tion*) to roots, prefixes (*pre- / fig / -s / -es*) and suffixes (*suf- / fig / -s / -es*)。

⌐ 中文和英文極為相似

看到「語」、「說」和「講」這三個字，你知道他們的核心語意嗎？這三個字的核心語意都和「言」有關：語當動詞是「說話、談論」；說當動詞是「告訴、解釋」；講當動詞是「說明；商議」，這三個字的意思都和「說話」離不開關係，因為都包含「言」這個部首。

那看到 predict（*pre- / dic / -t*）、dictionary（*dic / -tion / -ary*）、contradict（*contra- / dic / -t*）這三個字，你知道他們的核心語意嗎？這三個字的核心語意都在 *dic* 這個字根上，*dic* 是「說話；展示」。predict 是「預言」，意思是「提前說出未來將會發生某事」；dictionary 是「字典」，是一個記錄大家說過的話的地方；contradict 是「反駁」，也就是因反對而辯駁，也和說話有關。不難看出來這三個字的核心語意跟 *dic* 有關，也就是「說話」。

看到這，你會發現中文的部首和英文的字根極為相似，兩者都提供了核心語意，也是判斷一個字意的最佳管道，如果可以藉由字根來學英文，我相信學習英文單字時可以事半功倍的。

單字	拆解		
predict 預言	*pre-*	*dic*	*-t*
dictionary 字典	*dic*	*-tion*	*-ary*
contradict 反駁	*contra-*	*dic*	*-t*

字根首尾的定義

英文單字中提供核心語意是字根（Root）的工作，且**每個單字都至少會有一個字根**，它擁有較**特定和具體的意思**，會**出現在**單字的**各種位置**（字前、字中或字後），而將**字首和字尾去除**過後通常可以找到它的蹤跡。

舉例來說，act、reduce、thermometer 這三者都**至少有一個字根**，分別為 *act*、*duc*、*therm* 和 *meter*（thermometer 有兩個字根），這些字根的語意都相當**具體**，分別是「做事；動作」、「引導；帶」、「熱；溫度」、「測量」。仔細觀察會發現字根出現在單字的**各種位置**，*act* 佔了整個單字；*duc* 在字中；*therm* 在字前；*meter* 則在字末。以 reduce 為例，將字首（*re-*）和字尾（*-e*）去除後，就剩下了字根（*duc*）。

字首（prefix｜*pre-* / *fix*）的語義不重，但增添了其他概念到單字裡。predict 的 *pre-* 表「前；先」；contradict 的 *contra-* 表「相反」。跟字根相比，字首的意思較抽象，且通常出現在字前，例如：和 *dic* 相比，*pre-* 和 *contra-* 的意思都較抽象，而且都出現在字前。所以說，**字首的語義比字根輕，且較抽象，常常出現在字前**。

什麼叫做字首的語意較抽象呢？通常字首都會有下述幾種意義，包含**地理方位、量詞、否定、時間**等，例如：表達地理方位的 *de-*（往下）、*ab-*（離開）、

in-（裡面）、*inter-*（……之間）；表達量詞的 *multi-*（許多）、*ambi-*（兩者）、*pan-*（全部）、*poly-*（許多）；表達否定的 *a-*、*in-*、*un-*、*non*；和表達時間的 *ante-*（……之前）、*post-*（……之後）、*fore-*（……之前）、*pre-*（……之前）、*re-*（再次）。

字尾（suffix｜*sub- / fix*）的重點在於**詞性變化**（如名詞、形容詞、副詞和動詞等），有時也會具有語義。*-t*、*-tion* 和 *-ary* 都屬於字尾，三者都可以是名詞字尾。*-t* 更常表示動詞字尾，沒有特殊意思；*-tion* 的語義非常小，我們不需注意，只需要知道是名詞就好了；*-ary* 有時有「地方」的意思，是名詞字尾，但當形容詞字尾就沒有這個意思了。比較常見且有特殊語義的字尾是 *-able, -ible*，表達「能……的；可……的」。常見字尾包含 *-ate*、*-al* 等。

字尾主要分成兩種，**屈折詞素**（inflectional morpheme｜*in- / flect / -ion / -al*）和**衍生詞素**（derivational morpheme｜*de- / riv / -ation / -al*）。屈折詞素具有語意，但不會改變詞性，用於改變文法結構，如 He sings. 的 *-s* 是屈折詞素，不會改變 sing 的詞性，用於將 sing 改變成現在簡單式第三人稱單數動詞。常見的屈折詞素還有：*-s*（複數）、*-ed*（過去簡單式、過去分詞）、*-ing*（現在分詞）、*-er*（形容詞比較級）和 *-est*（形容詞最高級）。除了上述字尾，其餘字尾都屬於衍生詞素，如 *-t*、*-tion*、*-ary*、*-able*、*-ible*、*-ate* 和 *-al*。

特別注意，字根的前後沒有連字號，例如：*dic*；字首後面有連字號，例如：*pre-*；字尾前有連字號，例如：*-t*。

↖ 字根首尾是什麼

你可能還是會問：字根首尾到底是什麼？字根首尾是構成單字的要素，他們是比單字還要小的單位（有時會跟單字重疊，即字根就是單字），我們稱它們為詞素，顧名思義就是構詞的要素。每個字根首尾都是一個詞素，**詞素是最小且有意義的單位**。我們拿已知的字根首尾來造字好了！到目前為止，我們見過 *voc*、*-ary*、*pre-*、*dic*、*-t*、*-tion*、*contra-*、*-able*、*-ible*、*sub-*、*fix*、*-ate*、*-al* 這些詞素，我們可以將 *pre-*、*dic* 和 *-tion* 組合在一起，得到名詞 prediction，即「預言」；

contra- + *dic* + *-t* + *-ion* = contradiction 「反駁」；

dic + *-tion* = diction「發音方法」；

voc + *-al* = vocal「發聲的」。

1. 現在嘗試使用這些詞素拼出「可預測的」的英文吧（提示：「預言」你已會，加上什麼字尾會有「能……的；可……的」的意思？）：

_____ + _____ + _____ + _____ = _____

2. 動詞的「命令」（請使用 *-t-*、*-ate*、*dic* 這三個詞素）

_____ + _____ + _____ = _____

（寫出詞素時記得注意連字號的位置，哪些詞素有連字號，哪些沒有？）

　　見識到詞素的威力了吧！你只要學會幾個詞素就能學會很多單字，要背單字不如學習字根首尾這些詞素。學詞素除了能幫助你拼字，也能幫你分辨易混淆字、猜字、自行組裝單字，甚至不怕長單字，一次學會多個單字。

　　話說回來，為什麼這些詞素會有意思呢？如果要解釋清楚，就要講到英文這個語言的發展史。在**英文的發展歷史中，英文向許多語言借字**，尤其是和拉丁文、法文和希臘文借，有時候是借整個單字，有時候是借詞素，也就是說英文和其他語言借了單字和詞素。若直接借單字，會保留來源語的拼法，例如：connoisseur（鑑賞家）源於法文，法文也是拼作 *connoisseur*；若借詞素，英文則會利用這些詞素來造出更多單字，例如：英文借拉丁文 *dīcere*（「說話」的意思），只借了 *dic* 的部分（之後會說原因），英文又將這個 *dic* 造出更多單字。這些詞素在來源語中本來就有意思，本來就屬於單字的一部分，借進英文中自然也會有意思。

　　以下這些詞素：*voc*、*-ary*、*pre-*、*dic*、*-t*、*-tion*、*contra-*、*-able*、*-ible*、*sub-*、*fix*、*-ate*、*-al* 全部都是從拉丁文借來的，學會這些詞素可以幫助你一次學會多個單字，並可以用來統整單字。舉 *dic* 這個字根為例，延伸單字包括：abdicate、abdication、addict、benediction、condition、 contradict、contradiction、dedicate、dictate、diction、dictionary、digit、disk、ditto、index、indicate、indication、indict、indictive、jurisdiction、malediction、predicament、predicate、predict、verdict。如果你仔細看，會發現其中有些單字好像找不到 *dic*，這是因為這些字根產生變形，關於這點我們會在「變來變去的字根」的部分講解。

以下圖表是英文和其他語言借字的圖表：

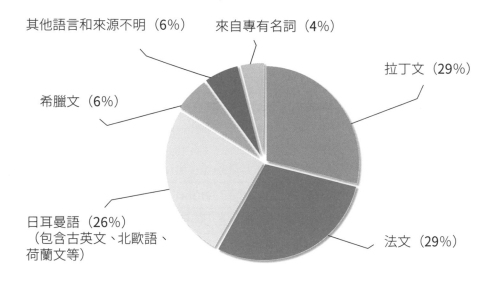

其他語言和來源不明（6%）　來自專有名詞（4%）

拉丁文（29%）

希臘文（6%）

日耳曼語（26%）
（包含古英文、北歐語、
荷蘭文等）

法文（29%）

接著我們就要開始介紹詞素學習的各個層面，要請你準備一本筆記本並記下所有出現的詞素，方便隨時複習。另外，請記下字根首尾（詞素）個別的定義，如果記不太起來，一樣寫在筆記本上幫助你記憶。**再提醒你一次：看這本書時請邊作筆記，作筆記雖然非常耗費時間，但能讓你牢牢記下這些好用的詞素。**

▍1.2.2 字根首尾的應用

字根首尾的應用 Application (*ap-* / *plic* / *-ate* / *-ion*) of roots, prefixes and suffixes。

↖ 如何辨識可拆解單字

我們現在已經知道詞素（morpheme ｜ *morph* / *-eme*）是最小且有意義的構詞要素，字根首尾都是詞素的一種。每個單字至少都會有一個字根，它提供了核心語意、具有特定的意思，且會出現在單字的各種位置。字首通常位於字前，語意比字根輕，意思也較為抽象。字尾的重點在於詞性變化，通常位於字後，有時會有特殊意義。

了解字根首尾的概念後，你必須要學會如何辨識可拆解（parse ｜ *pars* / *-e*）的單字。請看以下單字，並依照直覺圈出可拆解的單字：

1. rooster	11. negative
2. fan	12. violin
3. report	13. preparation
4. bamboo	14. bicycle
5. epoch	15. lagoon
6. queen	16. century
7. hamster	17. gorilla
8. success	18. kangaroo
9. oxygen	19. extinguish
10. permeate	20. yoke

可拆解的單字有 3、8、9、10、11、13、14、16、19 這幾個，拆解方式如下：

1. rooster	11. *neg* / *-ate* / *-ive*
2. fan	12. violin
3. *re-* / *port*	13. *pre-* / *par* / *-ate* / *-ion*
4. bamboo	14. *bi* / *cycle*
5. epoch	15. lagoon
6. queen	16. *cent* / *-u-* / *-ry*
7. hamster	17. gorilla
8. *suc-* / *cess*	18. kangaroo
9. *ox* / *-y-* / *gen*	19. *ex-* / *ting* / *-u-* / *-ish*
10. *per-* / *me* / *-ate*	20. yoke

話說回來，要如何分辨呢？重點在於看該單字有沒有包含一些特定的字首或字尾，常見的字首和字尾如以下（其他常見字根首尾，請詳見附錄的常見字根首尾表）：

字首	字尾
ab-	*-y*
ad-	*-e*
ambi-	*-t*
anti-	*-ize*
cata-	*-ate*
con-	*-en*
de-	*-al*
dia-	*-ent*
dis-	*-ic*
epi-	*-ive*
ex-	*-ous*

字首	字尾
homo-	-ant
hyper-	-ary
ob-	-ar
para-	-ory
per-	-ery
pre-	-ment
re-	-um
se-	-ure
sub-	-age
syn-	-ion
tele-	-er
trans-	-ee
un-	-or
in-	-ish
en-	-able
	-id
	-ty
	-ine

　　學會這些字首尾就能大概判斷單字是否能拆解了。建議閱讀本書時可以邊參閱此表格或附錄的常見字根首尾表。

我們再來練習一下，請圈出能夠拆解的單字：

1. pretend	11. house
2. karate	12. congestion
3. teenage	13. lion
4. foolish	14. yogurt
5. metaphor	15. decide
6. accomplishment	16. provide
7. sure	17. loop
8. fracture	18. piano
9. represent	19. distribute
10. cougar	20. normalize

接下來看看可拆解的單字：

1. *pre-* / *tend*	11. house
2. karate	12. *con-* / *ges* / *-t* / *-ion*
3. *teen* / *-age*	13. lion
4. *fool* / *-ish*	14. yogurt
5. *meta-* / *phor*	15. *de-* / *cid* / *-e*
6. *ac-* / *com-* / *pl* / *-ish* / *-ment*	16. *pro-* / *vid* / *-e*
7. sure	17. loop
8. *frac* / *-t-* / *-ure*	18. piano
9. *re-* / *pre-* / *sen* / *-t*	19. *dis-* / *trib* / *-ute*
10. cougar	20. *norm* / *-al* / *-ize*

　　備註：karate 源自日文，從英文的角度來看是無法拆解的，若從日文的角度看是可以的，日文漢字寫作「空手」，平假名為からて，其中から為「空」、て為「手」。

學習可拆解單字的方法其實也有另一個功用，就是找出該單字的字根。一般來說我稱這個過程為「**字首尾刪除**（elimination │ e- / limin / -ate / -ion）」。字首尾刪除的目的是找出單字的核心語意處，也就是字根，舉例來說：contagious 是「有感染力的」，請嘗試拆解此單字：

　　1. contagious（有感染力的）= ＿＿＿＿＿ + ＿＿＿＿＿ + ＿＿＿＿＿ + ＿＿＿＿＿

　　看到 con- 和 -ous 都會馬上把它們拆掉，最後剩下 *tagi*，又因為 *-i-* 是連接字母，所以核心語意（也就是該單字的字根）位於 *tag*。我們再拿其他單字來練習看看，拆解過後請**圈出核心語意部分，也就是字根所在處**：

字首 + 字根 ［+ 字尾］

2. absorb（吸收）= ＿＿＿＿＿ + ＿＿＿＿＿

3. addict（成癮）= ＿＿＿＿＿ + ＿＿＿＿＿ + ＿＿＿＿＿

4. enchant（施魔法）= ＿＿＿＿＿ + ＿＿＿＿＿

5. antiwar（反戰的）= ＿＿＿＿＿ + ＿＿＿＿＿

6. catalog（目錄）= ＿＿＿＿＿ + ＿＿＿＿＿

7. confess（坦白）= ＿＿＿＿＿ + ＿＿＿＿＿

8. decide（決定）= ＿＿＿＿＿ + ＿＿＿＿＿ + ＿＿＿＿＿

9. dialog（對話）= ＿＿＿＿＿ + ＿＿＿＿＿

10. disrupt（打斷）= ＿＿＿＿＿ + ＿＿＿＿＿ + ＿＿＿＿＿

11. epicenter（震央）= ＿＿＿＿＿ + ＿＿＿＿＿

12. exit（出口）= ＿＿＿＿＿ + ＿＿＿＿＿

13. homosexual（同性戀的）= ＿＿＿＿＿ + ＿＿＿＿＿ + ＿＿＿＿＿ + ＿＿＿＿＿

14. hypersonic（超音速的）= _____ + _____ + _____

15. obtain（獲得）= _____ + _____

16. parasol（陽傘）= _____ + _____

17. permeate（滲透）= _____ + _____ + _____

18. preheat（預熱）= _____ + _____

19. reread（重讀一次）= _____ + _____

20. seduce（勾引）= _____ + _____ + _____

21. subway（地鐵）= _____ + _____

22. symphony（交響樂）= _____ + _____ + _____

23. telescope（望遠鏡）= _____ + _____ + _____

24. transit（運輸）= _____ + _____

25. unplug（拔掉）= _____ + _____

26. inept（笨拙的）= _____ + _____

［字首 +］字根 + 字尾

27. windy（多風的）= _____ + _____

28. relate（講述）= _____ + _____ + _____

29. elect（選舉）= _____ + _____ + _____

30. legalize（合法化）= _____ + _____ + _____

31. liberate（解放）= _____ + _____

32. darken（變黑）= _____ + _____

33. local（當地的）= _____ + _____

34. fluent（流利的）= _____ + _____

35. cynic（憤世嫉俗的人）= _____ + _____

36. active（活耀的）= _____ + _____

37. precious（珍貴的）= _____ + _____ + _____

38. colorant（著色劑）= _____ + _____

39. binary（二進制）= _____ + _____

40. lunar（月亮的）= _____ + _____

41. factory（工廠）= _____ + _____ + _____

42. capable（有能力的）= _____ + _____

43. candid（坦白的）= _____ + _____

44. album（專輯）= _____ + _____

45. fracture（斷裂）= _____ + _____ + _____

46. teenage（青少年）= _____ + _____

47. invention（發明）= _____ + _____ + _____ + _____

48. player（玩家）= _____ + _____

49. trainee（受訓者）= _____ + _____

50. doctor（醫生）= _____ + _____ + _____

51. finish（完成）= _____ + _____

再次提醒，要注意連字號的位置。

　　想學會單字要如何拆解的你，必須知道**連接字母**（connective letter ｜ con- / nect / -ive）的用途，你或許也有聽過詞幹延長物（stem extender ｜ ex- / tend / -er），這兩者大致上一樣，因不同書籍說法不同，很難界定兩者的關係，讀者只需知道這兩者的概念是一樣的就好。連接字母通常是連接字根（或詞幹[01]）與字尾，並讓發音順暢，簡單來說就是出現在字根或詞幹和字尾中的字母，該字母能夠讓單字更好發音。本書的連接字母會以兩個連字號表示，即 -o-、-i-、-u-、-t-、-s- 等。雖然使用兩個連字號是用來表示中綴（infix ｜ in- / fix），但因為中綴在英文單字中不常見，所以這本書將兩個連字號的用法挪給連接字母使用，而中綴會在後面章節概述帶過。讀者可以先知道，中綴就是在字根裡的字母，在英文裡，中綴只有 n 或 m。

　　你可以試著唸唸以下例字，試著保留連接字母發音一次，再刪除連接字母發音一次，你會發現有連接字母才能使發音順暢：

　　1. bibliography 為「參考書目」，拆解：*bibli / -o- / graph / -y*，中間的 -o- 即連接母音
　　2. residential 為「居住的」，拆解：*re- / sid / -ent / -i- / -al*
　　3. extinguish 為「撲滅」，拆解：*ex- / ting / -u- / -ish*
　　4. structure 為「建設」，拆解：*struc / -t- / -ure*
　　5. impulsive 為「衝動的」，拆解：*im- / pul / -s- / -ive*。

----

01 詞幹（stem）是任何形式的詞素或詞素組合。只要這個詞素或詞素組合可以再接一個詞素，該組合就叫做詞幹。舉例來說，nation 的字根是 *nat*，詞幹也是 *nat*；national 的字根一樣是 *nat*，詞幹是 *nation*，因為可以加上字尾 -al。詞幹可長可短，和詞素一樣，但詞幹不一定是最小單位。

在《*The Structure of English Words*》一書中,作者有提到,連接字母絕對不會是 a 或 e 這兩個字母,不過在充分觀察之後,我發現連接字母還是會有 a 或 e。舉例來說,predicament(困境)可以拆解成:*pre- / dic / -a- / -ment*。righteous(正直的)可以拆解成:*right / -e- / -ous*。

接下來練習拆解一下含有連接字母的單字吧!

含有連接字母的單字

52. photograph(照片)= _____ + _____ + _____

53. reality(現實)= _____ + _____ + _____

54. tenuous(不確定的)= _____ + _____ + _____

55. scripture(經文)= _____ + _____ + _____

56. repulsive(令人厭惡的)= _____ + _____ + _____ + _____

拆單字的方式其實見仁見智,但我分享的方式更為完整,也能讓你知道到底什麼是字根,什麼是字首或字尾。這本書會出現非常多的單字,下次遇到單字的時候,不妨拆解看看,試著找出單字的核心語意(字根),並學習沒看過的字首或字尾。在接下來的單元,我們要深入討論字根首尾的變化與應用。

↖ 字首的同化作用

字首通常會有同化作用(assimilation|*as- / sim / -il- / -ate / -ion*)產生,不過有些字首拼字固定不會有同化作用,例如:*hyper-*。講白一點同化作用就是**讓發音更順暢**。我們先前有提到連接母音的作用,其中一個就是使發音更順暢,同化作用也是。同化作用會發生在字首的最後一個字母上,通常是最後一個字母為 n 的字首,像是 *in-*、*en-*、*pan-*、*syn-* 等;還有像是 *ad-*、*sub-*、*ob-*、*ex-*、*dis-* 等字首,都會有同化作用的產生。不過,到底什麼是同化作用呢?

例字如：abbreviate、accept、affront、aggravate、alleviate、annotate、appreciate、arrogant、assiduous、attain、success、suffer、suggest、support、suspect、occasion、offend、opponent、impatient、illegal、irregular、collect、correct、condition、symmetry、syllable、effort、different 等都有同化作用產生。我們拿 abbreviate 來看同化作用在哪裡吧：

$$abbreviate = ad\text{-} + brevi + \text{-}ate$$

abbreviate 的字首原本應該是 *ad-*，但 *ad-* 遇到 *brev* 的 b 之後，不爭氣地變成了 b，*ad-* 變成 *ab-*，發音也因此更順暢。接著，我們依同樣道理來看 accept、affront、aggravate、alleviate、annotate、appreciate、arrogant、assiduous、attain 這些字：

accept = *ad-* + *cept*	appreciate = *ad-* + *preci* + *-ate*
affront = *ad-* + *front*	arrogant = *ad-* + *rog* + *-ant*
aggravate = *ad-* + *grav* + *-ate*	assiduous = *ad-* + *sid* + *-u-* + *-ous*
alleviate = *ad-* + *lev* + *-i-* + *-ate*	attain = *ad-* + *tain*
annotate = *ad-* + *not* + *-ate*	

ad- 有許多變體，但這些變體都是因為同化作用而產生的。這裡有一個小方法可以判斷那些單字經歷同化作用：只要是單字中的第二、三（少部分是第三、四）個字母是相同的，都有可能有同化作用的產生。現在回頭看看我舉那些例字，每個單字都符合這個規則喔！

這裡需要注意的是：同化過後的字首不要和其他字首或字根搞混。abbreviate 前面的 *ab-* 並非表示「離開」的 *ab-*；opponent 前面的 *op-* 是由 *ob-* 同化而來，並非表示「眼睛；看」的 *op*；annotate 前面的 *an-* 是由 *ad-* 同化而來，並非表示「否定」的 *an-*；appreciate 前面的 *ap-* 是由 *ad-* 同化而來，並非表示「離開」的 *ap-*；arrest 前面的 *ar-* 是由 *ad-* 同化而來，並非表示「燃燒」

的 *ar*；aggravate 前面的 *ag-* 是由 *ad-* 同化而來的，並非表示「動」的 *ag*；correct 前面的 *cor-* 是由 *con-* 同化而來的，並非表示「旋轉」的 *cor*。不過，如果你沒有接觸過太多字首和字根，可能還不會搞混。

以下易混淆的字表，對你之後學習詞素很有幫助（AF 表示同化過後的型態 assimilated form）：

ab- 表「離開」（e.g., **ab**duct），或 *ad-* 的 AF（e.g., **ab**breviate）
ap- 表「離開」（e.g., **ap**ology），或 *ad-* 的 AF（e.g., **ap**preciate）
ar 表「燃燒」（e.g., **ar**son），或 *ad-* 的 AF（e.g., **ar**rest）
ag 表「動」（e.g., **ag**ile），或 *ad-* 的 AF（e.g., **ag**gravate）
cor 表「旋轉」（e.g., **cor**onavirus），或 *con-* 的 AF（e.g., **cor**rect）
op 表「眼睛；看」（e.g., **op**tical），或 *ob-* 的 AF（e.g., **op**press）

同化作用除了改變最後一個母音的拼寫，有時候碰到特定字母也會直接省略拼寫，例如：aspiration 可以拆解成：*ad-* / *spir* / *-ation*，*ad-* 碰到 s 之後變成了 *as-*，又因為拼寫上有兩個 s，所以將第一個 s 刪除。將兩個相同子音刪除其中一個的現象，我們稱作 **消除重複子音**（degemination｜*de-* / *gemin* / *-ate* / *-ion*）。常見例字還有：omit、aspiration、suspect、ascribe 等。

omit = *ob-* + *mit*（原為 *ommit，消除重複子音後為 omit）
aspiration = *ad-* + *spir* + *-ation*（原為 *asspiration，消除重複子音後為 aspiration）
suspect = *sub-* + *spec* + *-t*（原為 *susspect，消除重複子音後為 suspect）
ascribe = *ad-* + *scrib* + *-e*（原為 *asscribe，消除重複子音後為 ascribe）

這裡分享一個小知識：上述可同化的字首 *in-*、*en-*、*pan-*、*syn-* 都是 n 結尾，但這裡卻沒有列出 *con-* 這個字首。補充說明：同化前的字首為字首的原型，*in-*、*en-*、*pan-*、*syn-* 都是原型，比較特別的是，*con-* 的原型卻是 *com-*，所以 *con-* 其實是 *com-* 的 AF（同化後的型態 assimilated form）喔！

⌐ 變來變去的字根

除了字首會因為後方接的詞素而產生變體，字根也會因為各種原因產生變體。舉例來說，從拉丁文 *capere* 借來的英文字根 *cap* 是「拿；抓；握」的意思，capacious 的 *cap* 就是此字根，不過 accept 的 *cep* 也是此字根，就連 anticipate 的 *cip* 都是。除了這些，deceive 的 *ceiv*、cable 的 *cab*、cop 的 *cop*、occupy 的 *cup* 和 recover 的 *cov* 都是 *cap* 這個字根的變體。我們將這個字根的變體統整一下。

拉丁文 *capere* 表示「拿；抓；握」，英文字根 *cap* 為原型，以下是其變體與例字：

例子	變體
capacious 容量大的；空間大的	*cap*（原型）
ac**cep**t 接受	*cep*
anti**cip**ate 預期	*cip*
de**ceiv**e 欺騙	*ceiv*
cable 纜線	*cab*
cop 逮捕	*cop*
oc**cup**y 佔據	*cup*
re**cov**er 恢復	*cov*

關於字根的變體，雖然它們長得不太一樣，但意思是一模一樣的，也就是說，上方表格裡的所有變體字根都有「拿；抓；握」的核心語意。不相信嗎？我們來觀察一下每個單字的解釋吧：

- capacious 是「容量大的；空間大的」，也就是一個容器或空間能夠容納（拿）非常多東西。
- accept 是「接受」，也就是同意**拿**某個東西。
- anticipate 是「預期」，也就是事情發生**前**（*anti-*）先**拿**到相關資訊。
- deceive 是「欺騙」，也就是把一個人**從**（*de-*）一個地方**抓**走。

- cable 是「纜線」，也就是能夠**抓**住纜車的線。
- cop 是「逮捕」，也就是警察**抓**犯人。
- occupy 是「佔據」，也就是將東西**拿走**（*oc-*），占為己有。
- recover 是「恢復」，也就是把健康或能量**拿回來**（*re-*）。

看完這麼多表示同一個意思的變體後，請讀者莫慌，因為這些都是可以依靠著格林法則解決的，本章節只描述有這個現象發生，請讀者繼續讀下去，一定會發現其奧秘的！

另外，坊間字根首尾單字書通常會列很多字根的變體，並跟你說這些變體的意思都是一樣的，會有這麼多變體可能是因為單字沒有拆解乾淨，例如「說」的字根是 *dic* 和 *dict*，有這兩個變體，但聰明的你會知道那個 *-t* 是動詞或名詞字尾，所以多寫出來的那個 *-t* 其實沒必要，只要知道核心語意在 *dic* 就好了。然而，多數字根首尾的單字書列出的字根都沒有拆乾淨，但這也不代表這些書的內容是錯的，原因是很多書為了不要讓讀者在初學字根時，感到困難，所以直接將字尾、詞幹延長物或是連接字母併在字根內，所以，與其說 *dict* 是字根，不如說是詞幹。不過，為了不讓讀者混淆，很多書不會提到詞幹這個專有名詞。

▛ 詞素特性：分布

看到這裡我們來複習一下字根的其中一個特性：**分布**（distribution｜*dis-*／*trib*／*-ute*／*-ion*）**自由**，也就是可以出現在字前、字中和字後。仔細看列到目前為止的單字，你會發現字根出現的地方不太一定，但字首通常就會出現在字前；字尾通常就會出現在字後，除非遇到多重字首或字尾，例字如：redesign 和 internationalization。

$$redesign = re\text{-} + de\text{-} + sign$$
$$internationalization = inter\text{-} + nat + \text{-}ion + \text{-}al + \text{-}ize + \text{-}ation$$

de- 出現在字中，但它還是字首，這是因為 redesign 是 design 加上 *re-* 來的，*de-* 自然而來就被擠到中間；internationalization 有四個字尾，現在另一

個問題來了：如果遇到很多字尾的單字怎麼辦？

↖ 多重字尾不用怕

還記得字尾最重要的特質是什麼嗎？幫你複習一下，字尾的重點在於**詞性變化**，通常不用理會字尾的意思。如果遇到多個字尾的單字，詞性判斷一律都是參照最後一個字尾，也就是最右邊的字尾，所以 internationalization 要以 *-ation* 來判斷，又因為 *-ation* 是名詞字尾，所以 internationalization 是名詞。

這裡給讀者們一個觀念：越長的單字越好背。為什麼這麼說？因為很長的單字通常都是很多詞素組合而成的，而且通常會加上很多字尾（或是字根和字首），例如 imaginatively，這個字就有四個字尾，拆解：*im / -age / -in- / -ate / -ive / -ly*。這種長字會因為能拆解而變得好背很多，只要熟悉基本的字根首尾，相信你會更會拆字。楊老師也說過，「單字不怕長，只怕沒有字根」，言下之意就是不可拆解的單字比較難背。順帶一提，拆解單字的目的是要方便記憶，所以 imaginatively 若拆成 imagine / -ate / -ive / -ly 應該會對多數讀者更好懂一些。

↖ 字根和字首同時有好多意思

同一個字首或字根有時會有很多個意思，像是 *lu* 這個詞素就有「白；光；清楚；月亮；閃亮」等意思，雖然說這個詞素有很多意思，但其實這些意思都有一個核心語意，那就是「光；亮」，這些不同意思可以視為是「光；亮」的衍伸含意，例字如 **leu**kemia、**lu**ster、trans**lu**cent、**lu**nar、il**lu**minate。

字首也會有多個意思，像是 *de-* 這個字首就有「往下；離開；完全；相反」等意思，例字包含 **de**vour（此 *de-* 是「往下」）、**de**part（此 *de-* 是「離開」）、**de**fine（此 *de-* 是「完全」）、**de**fuse（此 *de-* 是「相反」）等。遇到這種字首其實不用太害怕，你只需要一一查過各個單字的字首是什麼意思就好，雖然很耗時間，但對記憶很有幫助。

不光是字根和字首有多種意思，單字也不例外。舉個像是 run 這樣的單字，它的意思非常多，動詞就有「奔跑；經營；參加；行進；移動；運作；流動；發表；走私」等意思，而上下文會影響到單字的意思。所以說，單字會因為不同的上下文影響它的意思，字根和字首則是因為放在不同單字中而造成意思的改變。因此，我們並不會一次把一個單字的意思背下來，我們會多看不同的上下文來熟悉該單字的不同解釋；同理，我們並不會一次記下一個字首或字根的多種意思，我們會多看單字來熟悉詞素的不同解釋。

到目前為止，讓許多字根首尾學習者感到最頭痛的就是字根的變體和字根、字首的多個意思，這些對前期的學習者會相當難熬，但只要熟悉基本的字根首尾，相信你一定可以克服這些難關！為了幫助你練習拆解單字，以下為你準備另外幾十個單字拆解，這些單字會稍微難拆解一點，記得要分清楚連字號的位置，還要有能力分辨連接字母，更重要的是，請圈出字根（核心語意）的部分。為了讓讀者能知道字根在什麼位置，我特別將屬於字根的底線加粗，方便讀者判斷連接字母的位置（以下會標記連接字母的位置）：

57. accurate（準確的）= _____ + **_____** + _____

58. confident（有信心的）= _____ + **_____** + _____

59. confine（限制）= _____ + **_____** + _____

60. project（計畫）= _____ + **_____** + _____

61. selection（選擇）= _____ + **_____** + _____ + _____

62. elegant（優雅的）= _____ + **_____** + _____

63. cardiology（心臟病學）= **_____** + _____（CL）+ **_____** + _____

64. suicide（自殺）= **_____** + _____（CL）+ **_____** + _____

65. logic（邏輯）= **_____** + _____

66. elevate（提高）= _____ + **_____** + _____

67. deliberate（故意的）= _____ + **_____** + _____

68. benediction（祈福）= **_____** + _____ + _____ + _____

69. abductor（綁架者）= _____ + **_____** + _____ + _____

70. language（語言）= _____ + _____

71. artifact（器物）= _____ + _____ （CL）+ _____ + _____

72. aeronautics（航空學）= _____ + _____ （CL）+ _____ + _____ （CL）
+ _____ + _____

73. eliminate（消除）= _____ + _____ + _____

74. audible（聽得見的）= _____ + _____

75. aviary（鳥舍）= _____ + _____ （CL）+ _____

76. benefactor（捐助者）= _____ + _____ + _____ （CL）+ _____

77. brevity（簡短）= _____ + _____ （CL）+ _____

78. accident（意外）= _____ + _____ + _____

79. literal（字面的）= _____ + _____

80. reincarnate（再生）= _____ + _____ + _____ + _____

81. incarcerate（監禁）= _____ + _____ + _____

82. herbivore（草食性動物）= _____ + _____ （CL）+ _____ + _____

83. eloquent（雄辯的）= _____ + _____ + _____

84. recess（休會）= _____ + _____

85. accelerate（加速）= _____ + _____ + _____

86. centennial（百年紀念）= _____ + _____ + _____ （CL）+ _____

87. aggravate（加重；加劇）= _____ + _____ + _____

88. concern（擔憂）= _____ + _____

89. chronic（慢性的）= _____ + _____

90. promise（承諾）= _____ + _____ + _____

91. conclude（總結）= _____ + _____ + _____

92. accord（一致；協議）= _____ + _____

93. democracy（民主）= _____ + _____ （CL）+ _____ + _____

94. doctrine（教條）= _____ + _____ （CL）+ _____ + _____

95. edible（可食用的）= _____ + _____

96. intrude（闖入）= _____ + _____ + _____

97. definite（確定的）= _____ + _____ + _____
98. confirm（確認）= _____ + _____
99. illuminate（發光）= _____ + _____ + _____
100. innovate（創新）= _____ + _____ + _____

建議將所有沒看過的字根首尾還有單字寫在筆記本上，可以自己做字根首尾的分類，將有該字根首尾的單字歸類在一起。（答案都請參考附錄的解答，請先自己拆解過再看解答喔！）到目前為止，你已經比其他人強很多了，再來的章節是字根首尾的體現，也就是要如何實際將字根首尾運用在現實生活中，接下來的章節會更加實用，希望各位讀者可以用心參與，最重要的還是要你和這本書互動，多寫多看才能真正學會，加油！

1.2.3 字根首尾的體現

字根首尾的體現 Realization (real / *-ize* / *-ation*) of roots, prefixes and suffixes。

単字拆解

使用字根首尾背單字，最重要的三點是：拆解、聯想、延伸。在前一章節有大概和讀者介紹拆解單字的方法，最直接的方法就是刪除字首尾。但真的遇到不知道該如何拆解的單字時，該如何是好？這裡要向你介紹 Etymonline 這個網站，在 iOS 和 Android 兩平台也有應用程式，推薦大家去下載。

以 retain 為例，將 retain 打在此字典裡，會得到以下資訊：
late 14c., "hold back, restrain;" c. 1400, "continue keeping, keep possession of," **from Old French retenir** "keep, retain; take into feudal service; hold back; remember" (12c.), **from Latin retinere** "hold back, keep back, detain, restrain," **from re- "back" (see re-)** + tenere "to hold,"

from PIE root *ten- "to stretch." Meaning "keep (another) attached to one›s person, keep in service" is from mid-15c.; specifically of lawyers from 1540s. Meaning "keep in the mind" is from c. 1500. Related: Retained; retaining.

　　既然我們現在在學字根首尾，所以現在就聚焦在字根首尾需要用到的資訊。看粗體的字可以知道 retain 是源自法文的 *retenir*，法文的 *retenir* 又源自拉丁文的 *retinēre*，*retinēre* 是由 re- 加上 *tenēre* 所組成的，以流程圖呈現會是這樣的：

（非英文字將以斜體呈現）

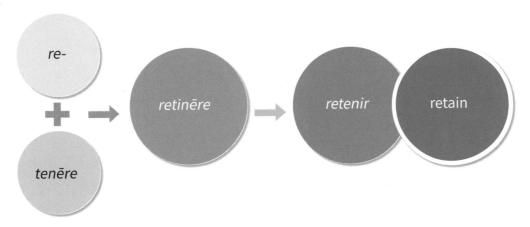

　　從時間的先後順序來看的話就是：拉丁文的 *re-* 加上 *tenēre* 後變成了 *retinēre*，到了法文變成了 *retenir*，借到英文後變成 retain。很明顯地，這個單字就是拆解成 *re-* + *tain*。再來要知道個別的意思：*re-* 後面有一個引號，引號裡面的就是 *re-* 的意思，所以這裡的 *re-* 是「back」的意思，也就是「往後」；*tain* 這個字根源自 *tenēre*，所以要看 *tenēre* 後面的引號，裡面寫著「to hold」，也就是「握住」，所以這個單字**字面上的**（literal｜*liter* / -al）**意思**是「to hold back」、「往後握住」。每當這本書提到字面上的意思，都是指這個字拆解過後字根首尾加起來的意思，所以 retain 字面上的意思就是「to hold back」（往後握住）。retain 的定義（definition｜*de-* / *fin* / -ite / -ion）為「保持；保有；保留；留住」，這個定義是字面上的意思的衍伸意，所以要稍聯想一下：

字面上的意思　　　　　　　　　定義

to hold back something → to keep or have something

　　retain 當「留住」解釋時，英文解釋為「if a substance retains something, such as heat or water, it continues to hold or contain it」，英文解釋裡也有 hold 這個單字，不難知道是從 *tain* 這個字根而來。所以有時候單字字面上的意思會和定義重疊。

　　如果直接看網站上或程式裡的字，你會看到 *re-* 和 **ten-* 顯示粗體紅色，顯示紅色代表可以點進去看更多延伸單字。

　　我們以 local 舉例，將 local 打進該網站的搜尋頁面，你會看到：

late 14c., "pertaining to position," originally medical: "confined to a particular part of the body;" **from Old French local** "local" (13c.) and directly **from Late Latin localis** "pertaining to a place," **from Latin locus** "a place, spot" (see locus).

　　同樣道理，我們看有關字根首尾的資訊就好，這裡一樣幫你將重點標記粗體。local 源自法文的 *local*，法文的 *local* 源自晚期拉丁文 *locālis*，再源自拉丁文的 *locus*。含有字尾的單字比較特別，通常這個網站不會幫你標示出來，你需要自己找出來，但對各位讀者來說，並不是一件難事，因為我在書的附錄裡有提供一些基本的字尾給你，通常只要看那些字尾就可以做拆解，所以 local 拆解成 *loc* + *-al*，字根 *loc* 是從拉丁文的 *locus* 來的，所以要看 *locus* 後面的引號，引號裡寫著「a place, spot」，可以知道字根 *loc* 是「地方；地點」的意思。

　　local 的字尾 *-al* 是「pertaining to（有關）」的意思，所以說 local 字面上的意思是「pertaining to a place, spot」、「有關地方、地點的」。

　　我們來看看由四個詞素組合而成的單字要如何拆解吧！以 abbreviation 為例，網站的內文為：

early 15c., abbreviacioun, "shortness; act of shortening; a shortened thing," **from Old French abréviation** (15c.) and directly **from Late Latin abbreviationem** (nominative abbreviatio), noun of action from past-participle stem of **abbreviare** "shorten, make brief," **from Latin ad "to"** (see ad-) + **breviare "shorten," from brevis "short, low, little, shallow"** (from PIE root *mregh-u- «short»).

abbreviate 源自古法文 *abréviation*，*abréviation* 是源自晚期拉丁文的 *abbreviātiōnem*，再往前追溯，可以追溯到 *abbreviāre* 這個字，這個字是由 *ad-* 和 *breviāre* 所組成，而 *breviāre* 從 *brevis* 而來。abbreviation 拆解成 *ad-* + *brevi* + *-ate* + *-ion*，*ad-* 的意思就在引號裡，「to」；*brevi* 的意思可以從 *breviāre* 或 *brevis* 來看，所以是「shorten」或「short, low, little, shallow」。abbreviation 字面上的意思即「to shorten」、「縮短」，又因為有字尾 *-ion*，所以是名詞，字面上的解釋可以變成「something that is shortened」（被縮短的東西），跟這個字的解釋相當接近，意思是「縮寫」。

現在換你來試試看這整個過程吧！以 conspicuous 為例，網站的內文為：

1540s, "open to view, catching the eye," from Latin conspicuus "visible, open to view; attracting attention, striking," from conspicere "to look at, observe, see, notice," from assimilated form of com-, here probably an intensive prefix (see com-), + specere "to look at (from PIE root *spek- "to observe").

先用螢光筆將字根首尾相關的資訊畫上顏色，再填寫以下空格：

conspicuous 是源自 ＿＿＿＿＿＿ 的 ＿＿＿＿＿＿，再從 ＿＿＿＿＿＿ 而來，是由 ＿＿＿＿ 加上 ＿＿＿＿＿。conspicuous 拆解成 ＿＿＿＿ + ＿＿＿＿ + ＿＿＿＿ + ＿＿＿＿，*con-* 是 ＿＿＿＿＿，*spic* 是 ＿＿＿＿ 的意思，所以字面上的意思為 ＿＿＿＿＿＿＿＿＿、＿＿＿＿＿＿＿＿＿。

這裡要注意：網站裡的連字號使用規則和這本書不太一樣，網站會在字根的後面加上連字號，所以每當看到有連字號在尾巴的字，不一定都會是字首，要判斷是字首或字根還請參照這本書的規則和敘述，或參考本書的常見字根首尾表。

◤ 字根你在哪裡

那字根到底要怎麼找呢？因為很多字根都是從拉丁文借來的，所以字根要從拉丁文單字找，但畢竟你不一定會拉丁文，所以這裡把找字根的步驟簡化再簡化。讀者必須學會這個技能，因為坊間的書通常不會告訴你這些方法。以下的方法相當精簡，請讀者用心體會，並作筆記，因為字字句句都是重點，都是精華。

我們一樣要使用到 Etymonline 這個網站，並將你要學習的單字輸入進去，我們這裡以 produce、acrid、bicameral 為例，以下是網站內文：

produce

early 15c., producen, "develop, proceed, extend, lengthen out," from Latin producere "lead or bring forth, draw out," figuratively "to promote, empower; stretch out, extend," from pro "before, forth" (from PIE root *per- (1) "forward," hence "in front of, before, forth") + **ducere** "to bring, lead" (from PIE root *deuk- "to lead").

acrid

1712, "sharp and bitter to the taste," formed irregularly (perhaps by influence of acrimonious) from Latin acer (fem. **acris**) "sharp to the senses, pungent, bitter, eager, fierce," also figuratively, of qualities, "active, ardent, spirited," also "hasty, quick, passionate;" of mind "violent, vehement; subtle, penetrating," from PIE *akri- "sharp," from root *ak- "be sharp, rise (out) to a point, pierce." Of feelings, temper, etc., in English from 1781. The -id suffix probably is in imitation of acid. Acrious (1670s) is a correct formation, but seldom seen. Related: Acridly.

bicameral

"having two chambers,"1832; see bi-"two"+ Late Latin **camera**"chamber" (see camera) + -al (1).

英文向拉丁文借字時，會省略掉拉丁文的字尾與上方的長音符號（macron｜ *macr* / -on）（如 ā, ē, ī, ō, ū 上方的符號），**省略後的字就成了英文的字根。** 但拉丁文的字尾太多了，這裡不需要你記拉丁文的字尾，只需要知道省略的規則就好。補充一下，拉丁文的母音上方有時會出現長音符號，我們可以省略不看，另外，Etymonline 通常會省略長音符號。

首先，我們來看含有三個字母的拉丁文字尾，如果看到 **ere**、**are**、**ire**（*eri*、 *ari*、*iri* 的字尾為少數），直接刪掉即可，刪掉過後就可以得到字根，這裡的 *dūcere* 就有 *ere*，所以可以直接刪掉，就會找到字根 *duc*。所以 produce 應拆解成：*pro-* / *duc* / *-e*。

接著，我們來看含有兩個字母的拉丁文字尾，他們都都具有一個特徵：**第一個字母是母音，後面接著子音**，所以不管看到 *um*、*us*、*es*、*ut*、*em*、*er*、 *or*、*is* 等字尾，請都直接刪掉，刪掉過後即可得到該字根，這裡的 *ācris* 就可以直接刪掉 *is*，就找到字根 *acr*。所以 acrid 應拆解成：*acr* / *-id*。

最後，如果拉丁文字尾只有一個字母，通常都會是母音，直接刪除該母音即可，這裡的 *camera* 就可以直接刪掉 *a*，*camer* 即字根。所以 bicameral 應拆解成 *bi / camer / -al*。

請注意，若要找字根，含有該字根的拉丁文單字必須是最簡形式，例如：produce 源自拉丁文的 *prōdūcere*，雖然可以去除字尾 *ere*，但 *prōdūcere* 並非最簡形式，因為還含有 *pro-* 這個字首，所以字根要從 *dūcere* 來判斷。總結來說，每次要從拉丁文單字來找英文字根時，都一律先看單字的尾巴。為什麼呢？

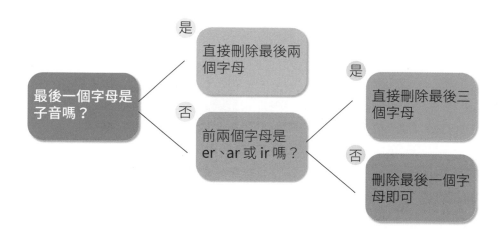

因為如果最後一個字母為子音，通常倒數第二個字母就會是母音，這就符合了第二種拆解方法（兩個字母的字尾）；如果最後一個字母是母音，那就觀察一下前兩個字母為何，如果前兩個字母是 er、ar、ir，那就符合第一種拆解方法（三個字母的字尾），若不是，則符合第三種拆解方法（一個字母的字尾）。

夠簡單吧！這是非常精簡的方法。以 *dic* 這個字根為例，坊間的書大部分都會說 *dic* 和 *dict* 都是「說」，但如果你查 predict，你會發現字根是 *dic*，將 *dīcere* 的 *ere* 刪除，就會找到該字根，所以字根只有 *dic*，沒有 *dict*，*-t* 只是動詞字尾。不過，恕我重述：拆單字的方法因人而異。

另外，如果查 municipal 的時候遇到拉丁文的 *mūnia* 這樣的字，字尾可能不是這麼明顯，因為結尾有兩個母音，這時候可以直接視 *mūnia* 為單一字母字尾的單字，所以直接刪掉 *a* 即可，剩下 *muni*。此外，在 municipal 的條目裡也會看到 *mūnus* 這個拉丁單字，你可能會刪掉 *us*，剩下 *mun*。所以字根可以是 *muni* 或是 *mun*，要不要把 i 當作是連接字母都可以。

英語除了跟拉丁文借字，也跟希臘文借字，雖然相對來說比較少，但如果在考據單字的過程中遇到希臘文，也可以大概參照以上的方法來找英文的字根，舉例來說，查 symphony 會出現 *syn-* + *phōnē*，這兩個詞都是從希臘文借來的，字根位於 *phōnē*，可以按照上述方法將最後一個字母刪除，字根即 *phon*。希臘文有些可以去除的字尾是拉丁文沒有的，例如 -*ein*、-*oeis*、-*eus*、-*ai*、-*esthai*、-*asthai*，雖然不常出現，看到這些字尾也是可以直接去除的。如 esophagus（食道）的 *phag* 為源自希臘文 *phagein* 的字根，「吃」之意。

順帶一提，拉丁文字尾 *ere*、*are*、*ire* 帶給了英文三個動詞字尾，分別是 -*ete*、-*ate*、-*ite*，也就是將 *r* 變成 *t*，其中 -*ate* 最常見，常見例字有：deplete、separate、expedite。

接著請做以下十題練習題，**請寫下含有該字根的拉丁文**（查 Etymonline 並找關鍵字 from 一直到你看到 from Latin⋯，如果有字首，記得刪除字首，長音

符號可以忽略）、**省略的拉丁文字尾**（字尾是幾個字母？）、**字根**（省略字尾過後的拉丁文）和**意思**（拉丁文右邊有引號，裡面就是該字根的意思）。

單字	字根的拉丁文	省略的字尾	字根	意思
例：supply	*plēre*	*ere*	*pl*	*to fill*
1. pedestrian 行人				
2. postpone 延後				
3. report 報告				
4. primary 主要的				
5. approve 批准				
6. feminine 女性的				
7. radical 激進的				
8. opera 歌劇				
9. erupt 噴發				
10. insect 昆蟲				
11. preside 主持				
12. regal 帝王的				

拉丁文的兩副詞 *bene* 和 *male* 因為沒有變格，就沒有所謂的字尾可以刪除，所以 *bene* 和 *male* 可以直接當作是英文的字根，例字如：benediction（祈福）和 malediction（咒罵）。

⟋ 單字聯想

　　到了第二步驟：聯想。聯想的目的是將字面上的意思和單字的解釋做聯結。聯想的方式就叫做**重組**（reconstruction｜ *re-* / *con-* / *struc* / *-t* / *-ion*），有兩種不同重組模式，一種是英文重組，另一種則是中文重組。學習字根首尾的各位通常是用中文聯想，但中文聯想有時無法很直覺，所以這時候就必須使用英文聯想。

　　比如有一個單字叫 produce，拆解：*pro-* + *duc* + *-e*，字面上的意思是「往前帶領」，解釋為「生產；製造」，這時候我們可以將語意用中文重組成「往前（*pro-*）帶領（*duc*）」，或是英文重組成「to bring (*duc*) forward or forth (*pro-*)」，所以說，我們可以這樣想：「生產就是將東西帶到前面」，重組字面上的意思，並記憶該單字的解釋。

　　在聯想單字語意的過程中，難免會遇到字面意思和單字解釋很難做聯結的狀況，例如 ambition 這個字，拆解：*amb(i)-* + *it* + *-ion*，字面上的意思是「在周圍到處（*ambi-*）走動（*it*）」，單字解釋為「野心；志向」。你是不是也覺得字面上的意思和單字本意差很多？這裡我們必須知道一件事：以語言的角度來看，**我們人類常常會使用具體的東西或是動作來表達一個抽象概念**，我們舉「牽著鼻子走」這個用法為例，會說出這句話是因為牛總是被農夫牽著鼻子走，進而表示牛受人支配，或是盲目地聽從別人，後來，「牽著鼻子走」廣泛被用在各種

日常對話，「你不要一直被別人牽著鼻子走」就代表「你不要這麼容易任人操縱」。類似的例子還可以在很多用法上看到，例如「牆頭草」或是「尚書大人」來比喻立場不定的人。我們看回到 ambition 這個單字，字面上**（具體）**的意思是「在周圍到處走動」，其實就是要表示「一個人很努力地找尋一個目標」，進而表達「野心；志向」**（抽象）**的意思。

接著我們來看底下的提示練習，parse 是拆解、CR 是中文重組、ER 是英文重組、definition 是單字解釋，請完成下方空格：

13. contagious（接觸性傳染的）

    parse: _____

    CR: _____

    ER: _____

    definition: _____

14. disrupt（打斷）

    parse: _____

    CR: _____

    ER: _____

    definition: _____

15. symphony（交響曲）

    parse: _____

    CR: _____

    ER: _____

    definition: _____

16. telescope（望遠鏡）

parse: _____

CR: _____

ER: _____

definition: _____

17. select（選擇）

parse: _____

CR: _____

ER: _____

definition: _____

18. aeronautics（航空學）

parse: _____

CR: _____

ER: _____

definition: _____

19. herbivore（草食性動物）

parse: _____

CR: _____

ER: _____

definition: _____

20. trident（三叉戟）

parse: _____

CR: _____

ER: _____

definition: _____

21. concentrate（專心）

　　parse: _____

　　CR: _____

　　ER: _____

　　definition: _____

22. introduce（介紹）

　　parse: _____

　　CR: _____

　　ER: _____

　　definition: _____

⌐ 單字延伸

　　最後一個步驟是延伸，也就是透過字根首尾來延伸其他相關單字。這個步驟可說是相當重要，因為學會字根首尾就是要學會延伸單字，這樣才可以一次把很多單字背起來。要如何延伸單字呢？我們一樣要用到 Etymonline 這個網站，假設我們要背 import 這個字的延伸單字，就把這個字輸入在此網站，以下是網站內文：

　　early 15c., "signify, show, bear or convey in meaning," from Latin importare "bring in, convey, bring in from abroad," from assimilated form of in- "into, in" (from PIE root *en "in") + portare "to carry," from PIE root *per- (2) "to lead, pass over." In English, the sense of "bring from another state or land," especially "bring in goods from abroad" is recorded by 1540s. As "be important" from 1580s. Related: Imported; importing.

　　你會發現粗體的部分是紅色的，這代表可以點進去看更多延伸單字。但並不是說你在背 import 的時候就要把所有延伸單字背下來，你要做的就只要點進去，

並看看其他延伸單字，瀏覽看看有沒有你原本就會的單字，透過這過程可以幫助你記憶字根首尾的意思。

舉例來說，將 *per-* 點進去後，找到對應的 *per-(2)*，你會看到像是 portable 這樣的簡單字，可以利用這個字來熟悉較難的字根 *port*。熟悉過程如：portable 是「可攜帶的；方便攜帶的」，字根 *port* 是「攜帶」，字尾 *-able* 是「可以」，是形容詞字尾。

↖ 你已經會猜單字了

相信看過這麼多字根首尾的你，已經有一點猜單字意思的能力了。很多人都說閱讀的時候，看到不會的單字，不用特意去查字典，而是要依照上下文來判斷該單字的意思，這個方法非常有用，也和你的閱讀理解有關。但如果今天你會一些基本的字根，在看到不會的單字的時候對你相當有利，**因為你不只可以依照上下文判斷該單字的意思，也可以依照字根來判斷**，因為字根的語意在單字中的份量是最重的。所以下次遇到不會的單字，不妨看看該單字的字根，並依照上下文判斷該單字的意思。

舉例來說，以下是 109 年英文指考的題組題，只擷取片段內容：
Robert Stroud (1890 － 1963) was an American prisoner who reared and sold birds and became an ornithologist while in prison. He became known as the "Birdman of Alcatraz."

這裡面可能會有一個你不會的單字—ornithologist，這個單字比較不常見，但沒關係，我們看一下上下文，發現這個人養鳥也賣鳥，在獄中成為 ornithologist，此外，他又名「阿爾可特拉斯鳥人」。你發現 ornithologist 後面的 *-ist* 表示「人」，所以這個單字一定跟什麼人有關，又看到 *log* 這個字根，跟「學說」有關，因為上下文不斷提到「鳥」這個字，所以我們可以猜 ornithologist 就是「鳥類學家」的意思。雖然 *orn* 是「鳥」的字根，但你不需要背，因為它很難讓你延伸出更多有用的單字，而且我們靠上下文就可以猜到這個字根的意思，所以沒有背的必要。

其實字首也有相同的功用，但因為字首的語意比字根的份量來的輕，所以較難一些。一般來說，如果你知道該單字的字首和字根，那是最好的，因為你可以搭配字根和字首的意思來猜該單字的意思，而且如果還是學生的你，難免會在閱讀測驗中遇到粗體加底線的單字，這些單字通常都是比較難，或者不常出現的單字，但通常都可以拆解，所以如果你熟悉了一些基本的字根首尾，你在做閱讀測驗的題目時就可以比別人更勝一籌。

↖ 字尾的功用

還記得字尾的重點在於詞性變化吧！其實字尾在單選題非常有用，因為有些單選題選項都是同一個字根，只是詞性（字尾）在變而已，舉多益的題目為例：

Brandy can make withdrawals from any Salis Bank branch, but she usually visits the _____ one.

(A) closing

(B) closely

(C) closure

(D) closest

-ing 是形容詞字尾；*-ly* 加上形容詞是副詞字尾；*-ure* 是名詞字尾；*-est* 最高級，因為前面有 the，後方是名詞，所以選 D。

另外，字尾有時可以用以判斷單字主重音位置，這種字尾叫做非中性字尾。舉例來說，看到結尾是 *ability* 或是 *ibility* 的單字，重音通常在倒數第三音節，也就是 bi 這個音節，例字如 stability、reliability、feasibility、possibility。但並不用特別記住字尾重音會落在哪裡的規則，因為通常我們會在重複看到相同字尾多次之後，自然而然就能判斷主重音位置大概會落在哪個音節。

還有一種字尾加到單字後主重音位置不會變，這種字尾我們稱作中性字尾（neutral suffix │ *neut / -r- / -al*），例如字尾 *-er* 和 *-or*，例字如 eat / eater、dictate / dictator，四個單字的主重音都在第一音節。

⬈ 如何使用字根首尾

所以要如何使用字根首尾背單字呢？每個人的步驟都不太一樣，讓我分享最實用且有效率的步驟吧！請**準備好你的筆記本喔！**

1. 單字的基本資訊

假設你不會 detain，先去字典查這個字的解釋、詞性、發音、用法或例句，我常用的字典有：Cambridge Dictionary、Merriam-Webster、Longman Dictionary、Oxford English Dictionary。發音的部分也可以參考 Youglish 這個網站。查詢過後，請自行**唸幾次這個單字的發音**，並確認發對，因為當有語音輸入到我們腦袋裡，記東西的效率會提高。

在你的單字筆記裡，也很推薦在新單字旁寫下單字的用法或是例句，寫完後也一樣不要忘記自己唸個幾次，多唸多聽才能記得牢固。除此之外，查完單字的解釋後，千萬不要在旁邊寫下中文解釋，這樣會大大影響你背單字的成效喔！我做學習單字筆記時有一個原則，那就是非必要時**絕對不會寫中文解釋**。

2. 單字拆解

記住單字的基本資訊後，我們要開始拆解單字。我常用的字源字典有 Etymonline、American Heritage Dictionary、Wiktionary、etymologeek、Word Info。這裡我們還是以 Etymonline 做示範：將 detain 輸入在 Etymonline，並點進 detain 的條目，以下是其內文：

early 115c. (implied in deteined), "keep back or away, withhold," **from Old French detenir** "to hold off, keep back" (12c.), from Latin detinere "hold off, keep back," from de "from, away" (see de-) + **tenere** "to hold," **from PIE root *ten-** "to stretch."

Legal sense of "to hold in custody" is from late 15c. (late 13c. in Anglo-French). Meaning "keep or restrain from proceeding" is from 1590s. Modern spelling is 17c., from influence of contain, retain, etc. Related: Detained; detaining.

首先我們要看 detain 是如何演變的，小訣竅就是看 from 這個字，來追溯單字的源頭。這裡可以看到 detain 拆解成 *de + tenēre*，也就是 *de-* + *tain*。除了單字的拆解，你也應該要記下各個拆解的部分的意思，其意思也可以在條目裡找到，也就是在詞素後方的引號內，「*de-* "from, away"」、「*tenēre* (*tain*) "to hold"」。上一節有提到同一個字根或字首會有多個意思，這時候就要**注意引號裡的英文字**，因為同一個字首或字根在不同單字有可能會有不同意思。舉例來說：detain 的 *de-* 是「from, away」的意思，但使用 Etymonline 查過 devour 之後就會發現該單字的 *de-* 是「down」的意思。

在你的筆記裡，可以在 **detain 畫上斜線**，標示單字是如何拆解的，並在各個部分下方寫下該部分的意思，示例如下：

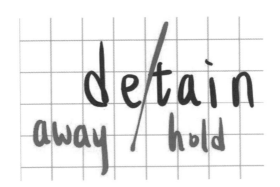

3. 單字聯想

聯想的方法是重組，我們用中文和英文幫助我們重組單字的意思，這裡要分清楚「**literal meaning 字面上的意思**」和「**definition 解釋**」差在哪裡。當 detain 被拆解過後，我們將**字面上的意思**重組起來，以中文重組可以是「將某東西或人握（拿）走」，英文則可以是「to hold something away」。用這兩個重組和單字的解釋做聯想，也就是「拘留；扣押」，如果你把某人握（拿）走，

就代表你拘留或扣押他。在聯想的過程中，可以不只有文字上的聯想，用視覺化的方式來聯想也不錯，所以當你在聯想 detain 的時候，你可以在腦海裡想像一下「把某人握（拿）走」這個動作，當你腦中有這個畫面的時候，你對單字的熟悉度將會提升不少。另外，我也推薦各位到網路上查詢要學習的單字，點進圖片區，藉由圖片的視覺刺激，來記憶單字記憶可以更為牢固喔！

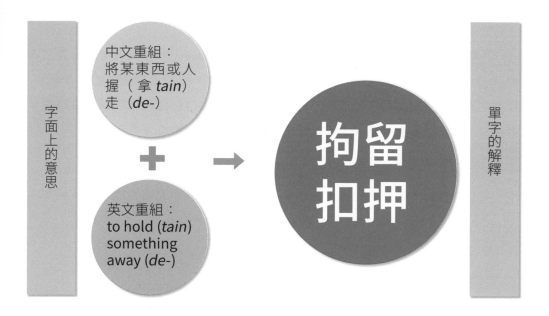

4. 單字延伸

還記得要怎麼延伸單字嗎？我們回顧一下 detain 的條目內文：

early 15c. (implied in deteined), "keep back or away, withhold," from Old French detenir "to hold off, keep back" (12c.), from Latin detinere "hold off, keep back," from **de** "from, away" (see de-) + tenere "to hold," from PIE root ***ten-** "to stretch."

Legal sense of "to hold in custody" is from late 15c. (late 13c. in Anglo-French). Meaning "keep or restrain from proceeding" is from 1590s. Modern spelling is 17c., from influence of contain, retain, etc. Related: Detained; detaining.

從網站上看可以清楚看到有兩個詞素呈現粗體紅色，這就代表我們可以用這兩個詞素來背其他延伸單字。我們先從 *de-* 來延伸吧！按下 *de-* 這個字首，網頁會跳轉到另一個頁面，在此頁面下方會看到「Entries related to *de-*」，再往下可以看到「See all related words」，按下此按鈕就可以看到所有從 *de-* 延伸出來的單字。當你看到這些延伸的單字時，先瀏覽，並找到自己會的單字，並把這些單字寫在筆記本上，這個過程能夠幫助你記憶 *de-* 這個字首。

同樣地，按下 **ten-*，並按下「See all related words」，一樣會看到非常多單字，從中挑出自己已經知道的單字，並寫在筆記旁。這裡要給讀者們一個觀念：**我們從來就不是直接由字根首尾學習單字，我們必須從已知的單字學習未知的字根首尾，再用這些剛學到的字根首尾延伸學習更多未知單字。**

除了寫下自己已知的單字，你也可以寫幾個你覺得比較常見但未知的單字，然後再使用同樣的方法和步驟學習該單字。這裡我可能就會寫 decease 和 tenacious，透過這個過程就可順利地把這兩個單字學習起來。

◤ 學會字根首尾後的你

「這個單字是……的意思，可是放在這個上下文翻譯起來好像怪怪的，怎麼這樣？」你有遇過這種困擾嗎？當你背了某個單字的其中一個解釋之後，下次看到它，卻發現它又有別的解釋。學會字根首尾後的你，並不會有這樣子的困擾。舉例來說，想必你背過 introduce 這個單字，可拆解為：*intro-* / *duc* / *-e*，「介紹」的意思，常常用在日常對話中，但當你看到 introduced species 的時候，心裡會不會有點疑惑呢？什麼叫做「介紹的物種」？如果你反應夠快，你會想到 introduce 前面兩個詞素的意思，*intro-* 是「向內；往內」，*duc* 是「引導」，所以 introduce 是不是也有「引入」的意思？原來 introduced species 是翻譯成「引入種；（被引入的）外來物種」！另外，可以視「引入」這個解釋為**未抽象化（具體）**的解釋，「介紹」為**抽象化**的解釋，介紹即「將人**引**（*duc*）**進**（*intro-*）或帶（*duc*）**入**（*intro-*）新的事物」。

所以說，為什麼要學習字根首尾，而不是單背單字的解釋呢？因為像 introduce 這樣的單字還有非常多，了解單字的字根首尾及核心語意顯得至關重要！

↖ 構詞律

構詞律（morphological rules｜*morph / -o- / log / -ic / -al*）屬於構詞學（morphology｜*morph / -o- / log / -y*）的領域，即單字組合時所遵循的規則。構詞律**沒有背下來的必要**，你只需要知道有這些構詞律就好，往後在拆解單字的時候若遇到某些規則，就可以自然而然的記憶下來了。所以構詞律和字根首尾一樣，要透過單字來學習，而不是透過它們來學習單字。

構詞律有相當多，以下只向各位讀者介紹常見的構詞規則，在瀏覽以下規則之前，必須知道「凡有規則，必有例外」這個現象。

1. 母音刪除律

簡單來說就是兩個母音相碰在一起時，前方（左方）母音會被刪除。

規則：當前方詞素（兩音節以上）的最後一個母音碰到後方開頭為母音的詞素，前方詞素的母音會被刪除。

例字：

兩音節含以上之詞素	無母音刪除	有母音刪除
anti-	*anti-* + war = antiwar	*anti-* + arctic = Antarctic
cata-	*cata-* + *log* = catalog	*cata-* + *egory* = category
auto	*auto* + biography= autobiography	*auto* + *ism* = autism
theo	*theo* + *logy* = theology	*a-* + *theo*+ *ism* = atheism

注意，有些字首經過母音刪減後，會和其他字首拼寫一樣，例如：*peri-* 經母音刪減會變成 *per-*，別將 *peri-* 和 *per-* 搞混了喔。另外，h 在構詞學上較像母

音，所以兩音節含以上的詞素碰到 h，也會產生母音刪減，例如：*cata-* + *hedral* = cathedral。

　　這個規則有個重點，那就是該詞素一定要是兩音節含以上，此規則才會成立。所以當單音節詞素碰上母音，不會有母音刪除的情況發生，例如：*bi*+ annual = b**i**annual。

　　例外：有些雙音節的字首並不會產生母音刪除，常見字首有：*anti-*、
　　　　　poly-、*semi-*、*micro-*、*macro-* 等，例字包含 ant**io**xidant、
　　　　　pol**ya**ndrous、sem**ia**utomatic、micr**oe**conomics、
　　　　　macr**oe**conomics。

2. e, o 刪除律

　　簡單來說就是當 er 或 or 後面遇到母音後，e 和 o 會不見。

　　規則：當結尾為 er 或 or 的詞素或單字遇到母音，e 和 o 將遭刪除。

　　例字：ang**er** 加上 -*y* 後變成 angry；act**or** 加上 -*ess* 後變成 actress。

　　補充：若重音落在 er 或 or 的音節上，則無視此規則，如 prefer 加上 -*able* 變成 preferable。

　　除了拼寫，這個規則有時也會發生在發音上，就像 history 和 elementary 這兩個字，在字的結尾我們會省略一點發音，發作 tree 的音。

3. S 刪除律

　　簡單來說就是當 ex 碰到 s，s 會不見。

　　規則：ex- 碰上開頭為 s 的詞素，字母 s 將被刪除。

　　例字：*ex-* + *spect* = expect
　　　　　ex- + *sist* = exist
　　　　　ex- + *spire* = expire
　　　　　ex- + *sert* = exert

　　例外（多數為專有名詞或已鮮少使用）：
　　　　　ex- + *scind* = ex**s**cind
　　　　　ex- + *scribe* = ex**s**cribe

ex- + *stipulate* = ex**s**tipulate

ex- + *siccate* = ex**s**iccate

4. X 刪除律

簡單來說就是當 *ex-* 碰到有聲子音，x 會不見。

規則：當 *ex-* 碰上有聲子音，x 將被刪除。

例字：*ex-* + *mit* = emit

ex- + *rase* = erase

ex- + *ducate* = educate

ex- + *gress* = egress

ex- + *ject* = eject

ex- + *volve* = evolve

若遇上無聲子音，x 不會被刪除，例如：

ex- + *pel* = expel（p 變成注音符號ㄆ的音）

ex- + *tend* = extend（t 變成注音符號ㄊ的音）

5. 同化作用

請參閱「字根首尾的應用」的「字首的同化作用」段落。

◤ 構詞規則練習

以下單字請先拆解（parse），寫出完整詞素，並畫底線標記被刪除或改變的部分，最後寫上構詞律名稱（RN, rule name）。

例：diorama（立體圖型）

parse: *dia-* + *orama*

RN: 母音刪除

23. homonym（同音異義詞）

parse: _____

RN: _____

24. antagonize（對立）

parse: _____

RN: _____

25. parenthesis（小括號）

parse: _____

RN: _____

26. expatriate（驅逐）

parse: _____

RN: _____

27. metric（測度）

parse: _____

RN: _____

28. executive（經理）

parse: _____

RN: _____

29. elevate（抬高）

parse: _____

RN: _____

30. evaporate（蒸發）

parse: _____

RN: _____

31. emerge（出現）

　　parse: _____

　　RN: _____

32. ebullient（精神充沛的）

　　parse: _____

　　RN: _____

　　最後，還是要請讀者們記得上面所提到的小提醒，以上這些規則不需要背，我們只是單純解釋有這些構詞律的存在，你只需要透過單字分析就可以慢慢熟悉這些規則。

⊠ 推薦叢書

　　我個人不常參考和細讀坊間大部分中文的字根首尾單字書，有幾個原因：1）單字拆解錯誤，2）字源分析錯誤，3）詞素意思標示錯誤。不過，還是有幾本我蠻喜歡的書籍想推薦給各位讀者，這些書籍都在附錄的參考書目。如果想要研究或學習字根首尾、格林法則、英文史、語言發展史等，非常建議可以直接閱讀原文書籍。倘若你較喜歡中文書籍，也極度推薦參考書目中的書，當然也歡迎參閱拙作《全國高中生英文單字比賽冠軍的私密筆記：英文字神教你三大記憶法，帶你從學習中脫困，大考逆轉勝》。

⊠ 中綴是什麼

　　這裡會概述中綴的意思與例字，但**不了解中綴並不會對學習造成什麼影響**，請各位讀者斟酌服用以下內容。

　　英文只有一個中綴，那就是 *n*[02]，中綴會出現在字根裡面，沒有連接作用，

---

02 中綴（infix｜*in-* / *fix*）本來就是以左右兩個連字號標示，但本書把這個標示方法挪給連接字母（詞幹延長物）使用。另外，連接字母和詞幹延長物有連接詞素的作用，中綴並沒有，中綴是出現在字根**裡面**，而不是詞素和詞素中間。最常搞混的是中綴 *n* 與連接字母 -*n*-，例字如 pungent 和 binary，前者的 *n* 為中綴，存在於字根 *pung* 裡；後者的 -*n*- 為連接字母，連接詞素 *bi* 和 -*ary*。說到底，搞混兩者也不會對學習造成什麼影響，但為了尊重字源，所以特別講解其中區別。

通常會出現在字根的倒數第二個字母。常見含有中綴的字根如下：*frag / frang*
（破）、*stat / stant*（站）、*stig / sting*（刺）、*tag / tang*（摸）。可以視這
一組組的字根為變體就好。例字如：fragile / frangible、static / constant；
stigma / distinguish；contagious / tangible。

無中綴	有中綴
fragile (*frag*)	frangible (*frang*)
static (*stat*)	constant (*stant*)
stigma (*stig*)	distinguish (*sting*)
contagious (*tag*)	tangible (*tang*)

　　中綴除了 n，如果在中綴後方是唇音（如 b），會變成 m，這個現象也可以
算是同化作用，因為 n 原本不是唇音，碰到唇音 b 過後變成唇音 m。中綴是 m
的例字如：**nimb**us（雨雲），字根位於 *nimb*，「雲」的意思，無中綴的同源
字如 **neb**ula（星雲），字根位於 *neb*，與 *nimb* 意思一樣。

　　在進入到原始印歐語的章節之前，請確定你已學會所有有關字根首尾的資
訊，如果剛看完不是那麼熟悉沒關係，熟悉個一兩個月再來看原始印歐語的章節
也不遲。之所以這樣說，是因為後面的資訊是慢慢疊加上來的，前面的東西沒搞
懂，基底就不會穩，後面的資訊會更難理解，所以請花點時間在字根首尾身上吧，
加油！

1.3 玩單字第二步｜原始印歐語

原始印歐語的介紹 Introduction to Proto-Indo-European language.

↖ 語言間的關聯

　　字源學家（etymologist｜ *etym* / *-o-* / *log* / *-ist*）透過觀察各種語言的文本來了解以前的語言是如何運作的。他們一心想知道古老語言的單字、文法、句構、發音或用法等如何運作，為此，他們參考了相當多的語言來做推論。他們使用一種叫做**比較法**（comparative method｜ *com-* / *par* / *-at-* / *-ive*；*met* / *hod*）的方法來推論古老語言的樣貌與發音等，使用這種比較方法非常耗時，必須參考非常多語言來進行推論。這裡，我們來當一位小小的字源學家，讓我使用比較法來觀察語言間的關係吧！

　　以下，我們有英文、拉丁文、希臘文、西班牙文、法文、德文（西班牙文和法文源自拉丁文；英文與德文屬同語言家族，日耳曼語系）等語言，讓我們觀察一下每個語言都有的單字，並找出其關係與相似處。

英文	拉丁文	希臘文	西班牙文	法文	德文
mother	māter	métēr	madre	mère	Mutter
father	pater	patér	padre	père	Vater
brother	frāter	pʰrātēr	hermano	frère	Bruder
sister	soror	éor	hermana	sœur	Schwester
star	stēlla	astér	estrella	étoile	Stern
month	mēnsis	més	mes	mois	Monat
fire	pir	pũr	fuego	feu	Feuer
middle	medius	més(s)os	medio(a)	mileu	Mitte
new	novus	né(w)os	nuevo(a)	nouveau	neu
center	centrum	kéntro	centro	centre	Center

　　請你仔細看看粗體字的地方，試著發音看看，發錯沒關係，只需要用你發英文的方式發音就好。每一組粗體字都有**音的對應，而非拼寫對應**。我們舉第一組單字的發音為例：

mother /ˈmʌðə/

māter /ˈmaː.ter/

métēr /ˈmi.tir/

madre /ˈmadɾe/

mère /mɛʁ/

Mutter /ˈmʊtər/

從上面的發音我們可以發現一個共通點，這幾個語言的「母親」的發音是：

[m] + 母音 + [t] / [d] / [ð] + 母音 + [r]

我們將母音用 V（vowel）來表示，所以可以變成：

[m] + V + [t] / [d] / [ð] + V + [r]

其中，[t] / [d] / [ð] 這三個音的發音部位相似。

當然，有時也會因每個語言的發音演進不會這麼規律，而造成其他語言的變異。現在問題來了，明明這六種語言都是個別的語言，也是不同母語者使用的語言，那為什麼他們的發音會如此相似呢？字源學家為了找出答案，拼命地比對各種語言，最後終於有了一個結論。

備註：[ ] 此符號內的字母表示「音」，並非「字母」或「拼寫」。

↖ 原始印歐語是什麼

字源學家最後導出一個結論，認為這些語言有個共同的源頭，叫做「原始印歐語（Proto-Indo-European，簡稱 PIE）」。這個詞聽起來相當陌生，但原始印歐語卻扮演著非常重要的角色。首先你必須知道，PIE 並不是一個廣為人知的語言，在現代也沒有母語者，PIE 只是一個假設的語言，是由語言學家透過比較法重組還原出來的，現實生活中並沒有這種語言。那你可能會問：「一個假設又沒有母語者的語言，我為什麼需要認識？」

下一個章節會介紹格林法則，**PIE 可以說是字根首尾和格林法則的一座橋梁**，我們會透過 PIE 的基本介紹，來幫助你更加認識格林法則。所以，了解 PIE 是各位讀者的工作，請各位讀者拿起筆記本記下所有重要資訊吧！

PIE 是語言學家們透過各種方法所假設還原出來的一種語言，所以它包含了詞彙、文法、發音等語言的特徵，PIE 的詞彙通常會以米字號（asterisk │ *aster* / *-isk*）開頭，並以連字號結尾，例如：*mater-*（此為 mother 的 PIE），米字號的用途就是代表這是一個不存在的語言。

PIE 之所以叫做原始印歐語，是因為它是各種印度和歐洲語言的祖先，它包含了許多語言，例如：英文、德文、荷蘭文、瑞典文、拉丁文、葡萄牙文、西班牙文、法文、義大利文、俄文等。

以下是 PIE 的分支圖：

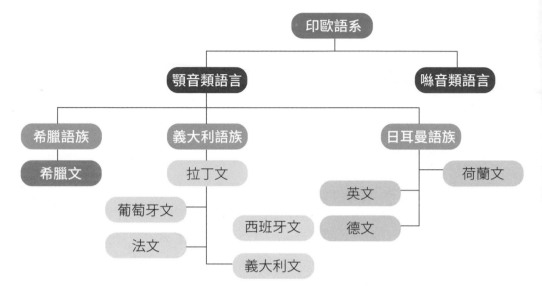

英文、德文和荷蘭文是屬於同一個語族，但英文卻向拉丁文和希臘文借了相當多單字與詞素。我們也可以看到其實葡萄牙文、法文、西班牙文和義大利文都源自拉丁文。

◸ 原始印歐語的基本應用

這裡要和各位解釋學習 PIE 的目的。還記得我們在講 Etymonline 的時候，曾說過延伸單字的時候要按下紅色的粗體字，通常這個粗體字還可追溯到 PIE，以 refer 舉例來說：

late 14c., "to trace back (to a first cause), attribute, assign," **from Old French referer** (14c.) and directly **from Latin referre** "to relate, refer," literally "to carry back," **from re- "back"** (see re-) + **ferre "to carry, bear," from PIE root *bher- (1)** "to carry," also "to bear children." Meaning "to commit to some authority for a decision" is from mid-15c.; sense of "to direct (someone) to a book, etc."is from c. 1600. Related: Referred; referring.

refer 源自古法文，還記得法文源自拉丁文嗎？所以還可以追溯到拉丁文的 *referre*，其中，*referre* 是 re- + *ferre*，*ferre* 後面接著逗號，後面緊接著 from PIE root *bher- (1)*"to carry"，這個意思就是拉丁文的 *ferre* 是從 PIE 的 *bher- (1)* 來的。

bher- (1) 和 refer 的 *fer* 發音相似，[b] 和 [f] 都是使用嘴唇發出來的音，中間有一個母音，後面接著字母 r，很明顯可以看出兩者的關係。這裡要請讀者記下發音部位相同的音：[b] / [f]。這裡請讀者記住一句話，這句話是蘇秦老師和楊智民老師所提出的：「音相近，義相連」，意思就是：若兩字（單字或詞素）的發音相近或發音部位相近，兩者的意思會有關連。*bher- (1)* 是「to carry」的意思，*fer* 也是「to carry」的意思，所以，音相近，義相連，無庸置疑。

在格林法則的章節，我會講述如何從 PIE 轉音成字根或單字，以及格林法則的應用。這裡你可以先記我們提到的兩組子音：**[t] / [d] / [ð]**（類似ㄊ、ㄉ的音）以及 **[b] / [f]**（類似ㄅ、ㄈ的音），試著發音看看，感受一下發音的部位（兩個發音器官碰觸的地方，發音器官包含舌頭、牙齒、嘴唇、硬顎、軟顎等）。

讓我們把目光移到 *bher- (1)*，後方的 (1) 代表什麼？還記得語言學家是使用比較法將 PIE 的拼寫推論出來的嗎？在推論的結果裡，難免會有推論出相同拼寫的情況發生，所以將相同拼寫的字在後方標記 (1) 或是 (2)，以免搞混。所以，在延伸學習單字時，也別忘了多看後方的括號一眼，點進去時記得找相同數字的延伸單字。所以說，當你點進 *bher-* 時，你會看到兩組分別是 *bher- (1)* 和 *bher- (2)*，注意一下 refer 的 *fer* 是從第 1 還是第 2 組來的，再來延伸學習該組單字。

為了觀察兩者的發音部位是否相似，知道 PIE 的字母是如何發音的固然是最好，但 PIE 有自己的一套發音系統，再講下去就有點難，甚至離題了。你放心，所有 PIE 的字母在英文都有，**雖然兩者字母的發音並非完全相同**，但你只需使用英文發音來發 PIE 的字母就好，這樣就可以大致判斷兩者的發音部位是否相似。

↖ 同源

　　若兩字的來源是一樣的，我們稱它們為同源（cognate ｜ co- / gn / -ate）。舉例來說，若使用 Etymonline 查 confess 和 profess，你會發現 fess 的部分都是從拉丁文的 fatērī 來的，所以你可以稱 confess 和 profess 為同源字。同源對於學習格林法則也是相當重要，因為，**若兩字同源，才可轉音**，至於轉音的部分會在接下來的章節作介紹。從 profess 和 confess 兩字延伸的單字也可以算是同源，所以說，confession、confessable、confessor、profession、professional、professor 等皆屬同源字。

↖ PIE 詞根與字根的關聯

　　上述提到的 *mater- 和 *bher- 都叫做印歐（語）詞根（PIE root），這些詞根的用途和英文的字根很像，因為都可以在後方加入字尾加以創造更多單字。雖然印歐詞根後方有連字號，但不代表它是字首。印歐詞根可說是語意的核心，不管詞根後方有多少變化，核心概念還是一樣的。另外，很多有相同核心概念的拉丁、希臘、英文字根都是從同一個印歐詞根衍生而來的，所以我們可以**使用一個印歐詞根統整這些字根**。舉例來說，*leuk- 代表「光；亮」，它可以衍生出很多相當多單字，例如：拉丁文的 lūmen、lūna、lustrum / lūstrāre、lūcēre 和希臘文的 leukós，去除這些單字的字尾後（還記得怎麼找字根嗎？），可以得到英文字根 lum、lun、luster、luc 和 leuk，分別代表「光」、「月亮」、「照亮；淨化」、「發光」和「白色」。我們可以透過這些字根來延伸更多單字，這些延伸出來的單字都有相同的核心概念。順帶一提，印歐詞根並沒有背的必要，它的功用主要是統整多個相同核心概念的字根喔！

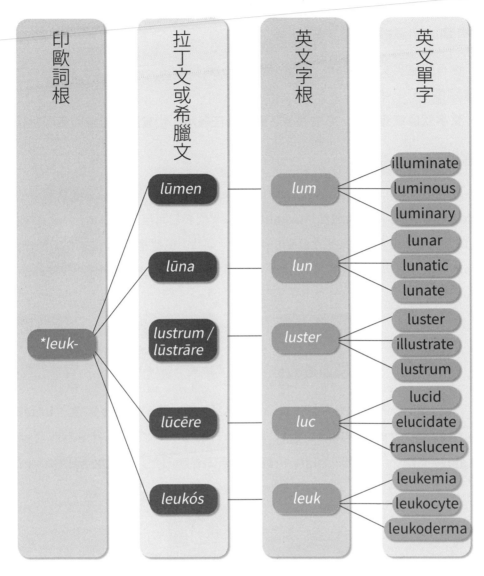

印歐詞根	拉丁文或希臘文	英文字根	英文單字
*leuk-	lūmen	lum	illuminate / luminous / luminary
	lūna	lun	lunar / lunatic / lunate
	lustrum / lūstrāre	luster	luster / illustrate / lustrum
	lūcēre	luc	lucid / elucidate / translucent
	leukós	leuk	leukemia / leukocyte / leukoderma

　　以上看到的模式（從原始印歐語衍生拉丁文或希臘文單字，再從這些單字找出字根，並延伸幾個重要英文單字）是第二章字源工坊的主要重點概念。會有這個系統是因為筆者想要把很多有相同核心語意的字根統整在一起。什麼意思呢？上述的五個字根可以相互視為變體字根，因為這些字根的核心語意都一樣（都是「光；亮」的意思），又因為大部分的學習者都是卡在字根有變體的現象，因而造成學習成效不彰，所以我才會把這個系統統整出來，目的是讓各位學習者有個系統化學習的機會，也提供研究英文的各位豐富的資源。

有趣的字源故事

你有想過英文的 salary 和 salt 還有 sauce 有關嗎？又或是 sex 和 insect 有沒有關係？

文字就像病毒一樣，它會隨著時間散播在各地，也會因為某些因素而變種。

◆ 鹽巴、薪水、醬料

以下將使用 L 代表拉丁文（Latin）、F 代表法文（French）、E 代表英文（English）、G 代表希臘文（Greek）、Ger 代表日耳曼語（Germanic）。L. sal 是「鹽」，加上字尾後 L. salārium 變成「薪水」的意思，到了古法文變成了 F. salaire，最後才借到英文變成 salary。L. salārium 字面上的意思是「買鹽的錢」。

L. sal → L. salārium → F. salaire → E. salary

那 E. salt 是怎麼來的？ salt 是源自 L. sal，所以說，E. salt 直接向 L. sal 借字，但 E. salary 則是間接向 L. sal，直接向 F. salaire 借字。這就是為什麼 salt 和 salary 有關係，salt 和 salary 也可以說是同源字（都來自於 L. sal）。

L. sal → E. salt

那 E. sauce 呢？也是向 L. sal 借字，但屬於間接借字。L. salsa 是「有加鹽的東西」，拉丁文的 l 加上一個子音的結構（如此處 L. salsa 的 ls），到了法文後，l 會母音化（vocalize｜ *voc / -al / -ize*）變成 u，所以 L. salsa 到了法文才會變成 *sauce*，英文則保留相同拼寫 sauce。

　　雖然英文是屬於日耳曼語系（Germanic，請參考分支圖），但英文單字約有 80% 是外來借字，只有約 20% 是古英文流傳至今，而且在這外來借字當中，約有 75% 是拉丁文。

　　我們來看底下幾個印歐語詞根。

◆ 心

　　kerd- 是「心」的意思，希臘文的同源字為 *kardiá*，日耳曼語為 *herd* 或 *herton*，拉丁文為 *cardio*，因為英文屬於日耳曼語系，所以英文的 heart 就是從 Ger. herd, herton 來的。E. heart 的抽象概念和「膽量；記憶」有關，而 E. courage 源自 L. cordis、E. record 源自 L. recordārī。

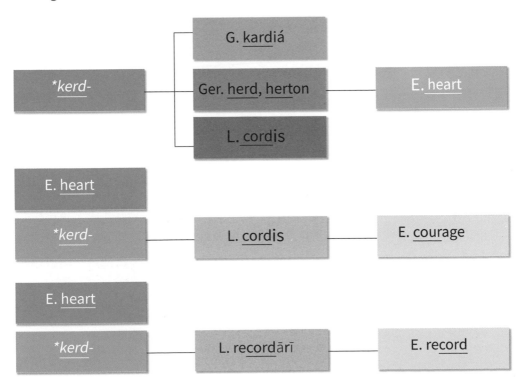

所以說，E. heart, courage, record 和 L. cordis、G. kardiá 皆同源，字源（單字的來源，etymon｜*etym / -on*）為 *kerd-*。

◆ 性與昆蟲

E. sex 和 insect 其實是來自同一個字源：*sek-*，「切；切開」的意思。從 insect 說起，insect 可以拆解成：*in-* + *sec* + *-t*，字根 *sec* 就是「切；切開」的意思。昆蟲是截肢動物（arthropod｜*arthr / -o- / pod*），可以分成頭節、胸節及腹節，所以 insect 這個字的本意就是「能夠做切割的動物；能夠分開、分成三個部分的動物」。至於 sex 這個字，字面上的意思也是「切；切開」，所以可以解釋成「將性別做分割、區別」的意思。兩者同源。

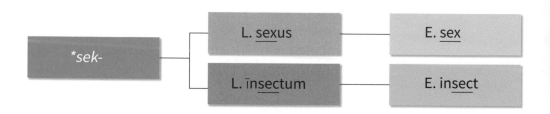

在學習單字的過程中，若能加入一些字源故事的元素，想必在學習的過程中會增添許多趣味，而且能夠記得長久，忘都忘不了呢！很多單字的字源就是這麼神奇，原本看似完全沒關聯，但一經過解釋之後，反而覺得相當有道理，也可以在學習單字的道路上增添一點樂趣，何樂而不為！

在進入到格林法則的章節之前，請確定你已學會所有關於字根首尾和原始印歐語的資訊，如果剛看完不是那麼熟悉沒關係，請先花一兩個月熟悉字根首尾和原始印歐語再來看格林法則的章節也不遲。會這樣說，是因為後面的資訊是慢慢疊加的，前面的東西沒搞懂，基底就不會穩，後面的資訊會更難理解，所以請花點時間在字根首尾和原始印歐語身上吧，加油！

1.4 玩單字第三步│格林法則

▎1.4.1 格林法則的介紹

格林法則的介紹 Introduction to Grimm's Law。

◤ 語言的轉變

　　語言非常奇妙，它**會隨著時間的流逝，並因各種原因做出不同形式的改變。** 以中文為例，我們都知道有注音符號，也知道每個注音的正確發音，但大部分臺灣人卻常常省略了捲舌音，以至於捲舌音和非捲舌音聽起來非常相似。例如注音符號ㄦ與ㄜ，當我們在說「我兒子現在肚子很餓」，撤除音調不談，其中的「兒」與「餓」發音部位相似，聽起來也很像，這種發音上的省略可以算是一種**語音轉變（sound change）**。

　　除了懶得發捲舌音，我們也常常省略某些音（也算是sound change），例如：「大家好」唸快點後會變成類似「大啊好」的音；「不好意思」唸快點會變成類似「爆意思」、「爆思」，或甚至是「爆 s」的音；「多少錢」唸快點會變成類似「多ㄠˇ錢」的音。這邊舉個更誇張的例子，作者會常常這樣，不知道各位讀者會不會呢？我們常常會講「怎麼這麼……」，例如：「怎麼這麼臭啊？」「怎

麼這麼好吃啦！」「你怎麼這麼不要臉啊？」……如果講得非常快時，「怎麼這麼」這四個字的發音會變成：先發出「怎」的音，嘴巴會因為「麼」的音接著閉上，之後的三個音都是閉上嘴巴發音，也就是說只有聲調會發出來，嘴巴內外都不會動。除此之外，「……是不是」的句型通常也會省略幾個音，例如：「你有問題是不是？」「你一定要這樣是不是？」……在這些句子中，因為唸太快的關係，「是不是」的「不是」通常會直接省略。以上的省略音各位讀者可以試看看喔！

語言的轉變不只這些。如果你是輩分較資深的讀者，可能會看過「羣」這樣的字，例如：「羣眾」，不過現在通常是書寫成「群」，像這樣的轉變我們稱**書寫上的改變**（orthographic change │ *orth* / *-o-* / *graph* / *-ic*），其他例字像是「這裏」與「這裡」。英文也有書寫上的改變，例如：that 在古英文可以寫作 þe，þ 就是 th 的拼寫。

另外，語言的轉變也包含**語意轉變**（semantic change │ *sem* / *-ant* / *-ic*），例如：「包袱」以前指的是「用布包起來的衣物」，但現在多指「累贅；負擔」，在這個例子也可以發現「包袱」的語意從具體變成抽象，這也是我們在字根首尾章節提到的抽象化概念。因此，我們也可以把**抽象化**（metaphorization │ *meta-* / *phor* / *-ize* / *-ation*）視為一種語意的轉變。其他例字像是「尺度」，以前通常是動詞的用法，指「衡量」，現今多以名詞使用，指「法度、法治規定的範圍」。英文也會有語意轉變，例如 gay 在約 14 世紀時是「開心的；歡樂的」的意思，之後約在 1922 年時開始出現「同性的；同性戀的」的意思，除了這些，gay 還有「高貴的；美麗的；愚蠢的」等意思，可見語意轉變的程度可以是相當巨大的。

在眾多語言轉變的分類中，語音轉變算是歷史語言學（主要研究語言在一段長時間內的各種轉變，並非研究語言的歷史，historical linguistics │ *hist* / *-or-* / *-ic* / *-al*；*lingu* / *-ist* / *-ic* / *-s*）最主要的研究範疇，格林法則也在其中。

↖ 語音轉變

　　語音轉變是本章節的主軸，以格林法則為範疇，本書試著將格林法則加以調整，並藉著楊老師所提出的六大法則提出更深一層次的「語音轉換法則（sound-switching law）」。語音轉換（sound-switching）和語音轉變有些不太一樣，在解釋前者之前，我們要先來了解後者的概念。

　　我們剛剛提到，語言會隨著時間的流逝，並因為各種原因做出不同形式的改變，這些形式包含發音（語音轉變）、拼寫、文法、語意等，至於是哪些原因呢？主要的原因有兩個：

　　第一是**地理上的分隔**（**geographical division** ｜ *ge* / *-o-* / *graph* / *-ic* / *-al*；*di-* / *vi* / *-sion*）。我們要知道，就算我們是講同一種語言的人，我和你所說的話不會完全一樣，我們倆的說話方式也絕對不會一樣，既然兩個講相同母語的人說話方式都不會一樣了，兩個族群的人就更不用說了。也就是說，假如原本說同樣母語的兩人分隔兩地，並在兩地各自發展出一個族群，這兩個族群的語言**會發展出屬於各自的風格**，這裡所說的風格包含上述的發音、拼寫、文法、語意等。還記得我們提到原始印歐語嗎？語言學家假設原始印歐語分支出來的語言的母語者以前的母語都是原始印歐語，也就是說，英文、西班牙文、法文、希臘文、拉丁文等等的母語者以前都是說原始印歐語，但因為地理上的分隔，各個族群發展出自己的語言及風格。這也是為什麼明明是兩個不同語言，但發音或拼寫會這麼相似的原因，如果印象有點模糊的話，可以回去參考原始印歐語該章節的表格。

　　第二個原因是**語言間的接觸**（**language contact** ｜ *langu* / *-age*；*con-* / *tac* / *-t*）。一個語言很難不受其他語言的影響而持續發展至今，在語言的發展過程，多少都會被其他語言的影響，影響的範圍包括上面提到的各種語言風格，包含發音、拼寫、文法、語意等。第二個原因可以算是第一個原因的後續過程，換句話說，當一個語言因地理位置分隔兩地並發展出兩個不同語言後，又會因為語言間的接觸而影響兩個語言的發音、拼寫、文法、語意等。語言相互接觸後，**最**

明顯的結果是借字（**borrowing** ｜ borrow / -ing）進到該語言中。舉例來說，中文的「巧克力」、「沙發」、「沙拉」、「培根」和「紅不讓」分別來自英文的「chocolate」、「sofa」、「salad」、「bacon」和「home run」（暫且不論是直接或間接借字），這些借字都是因為語言的接觸而發生的，在各種語言都會有此現象，相當常見且有益語言的發展，因為這些外來語（loanword ｜ loan / word）能夠補足該語言原本沒有的詞彙。而**借字會產生音變**，我們有些詞也是向其他國家的語言借字，例如：「沙發」是向英文的 sofa 借字，原本 sofa 的 s 借到中文變成ㄕ的音，sofa 的 o 也變成了ㄚ的音，借字後子音和母音都有機會改變。說到借字，就讓我們想到兩件事，第一是英文向非常多語言借了相當多字（約 75% ～ 80% 的單字為外來語），算是一種大雜燴語言，第二則是**產生借字後，語音（或發音）也會跟著改變**，這正是我們要討論的重點。

　　知道了語言的轉變包含語音轉變後，我們就要來了解語音轉變。語音轉變（以下稱音變）就是**發音上的變化**，有非常多類型。在字根首尾章節提到的同化作用，雖然它是一種構詞律，但同時也是一種音變，因為同化作用講白一點就是讓**發音較順暢**，例如字首 *ad-* 碰到其他子音後會產生音變，拼寫也會變成該子音，如同 *ad-* + *firm* 變成 affirm。除了同化作用，其他提過的構詞律，像是 S 刪除律、X 刪除律等都算是音變，因為在本質上，發音確實產生改變。

　　音變有幾個值得提的類型，第一類是**一個音變成另一個音**，例如：上述的同化作用就是屬於此分類。第二類是**一個音遭刪除**，例如：上述的 S 刪除律、X 刪除就是屬於此分類。第三類是**添加一個音**，例如：consume 去掉字尾 -e 並加上 -tion 後會在中間加上字母 p，形成 consumption，這種現象就是屬於第三類。既然提到第三類音變，我們來說一下兩種屬於此分類的音變吧！

　　構詞律中的**添加律**（addition rule ｜ add / -i- / -tion，或稱 epenthesis rule ｜ *ep-* / *en-* / *the* / *-sis*）屬於上述的第三類，添加律顧名思義就是在某些情況下會添加字母來達成發音順暢的構詞律。添加律主要有兩種，第一種是 U 添加，另一種是 P 添加。

↖ U 添加

簡單來說就是當單字結尾是 ble、ple、gle、cle，後方又加上母音開頭的詞素時，兩子音中間加上字母 u。

規則：當字母 b、p、g、c 加上音節子音 l 的組合後方加上母音開頭的詞素時，兩子音中間加上讀音為 [ju]、[jə] 的字母 u。

例字：table + *-ate* = tab**u**late

people + *-ar* = pop**u**lar

single + *-ar* = sing**u**lar

circle + *-ar* = circ**u**lar

例外：battle + *-ing* = battling

tickle + *-ing* = tickling

值得注意的是，在這兩個例外中，確實沒有添加字母 u，但右方兩個字（battling、tickling）在發音的時候，子音與字母 l 之間卻隱約有 schwa 的音，音標為 [ə]。

↖ P 添加

簡單來說，就是當字母 m 碰到字母 t 的時候中間會加上字母 p。

規則：為了避免兩子音 mt 不好發音，在中間加上字母 p。

例字：assume + *-tion* = assum**p**tion

consume + *-tion* = consum**p**tion

presume + *-tion* = presum**p**tion

redeem + *-tion* = redem**p**tion

tem + *-t* = tem**p**t

attem + *-t* = attem**p**t

exem + *-t* = exem**p**t

contem + *-t* = contem**p**t

除了上述提到的音變，在眾多音變中，有一條叫做**鏈變**（**chain shift**，屬於上述的第一類），全名叫做鏈式音變，這種音變指的是一系列且相互有關係的音變，其中最有名的鏈變是格林法則，而格林法則為一種語音轉換法則。我們以中文的**注音符號做模擬**來簡述一下鏈變是什麼。想像一下我們現在用的注音符號是現代版的，也就是說，我們假設有古代版的注音符號，我們再假設：原本古代的注音ㄆ因為時間的流逝演變成現代版的ㄈ；古代的ㄅ變成現代的ㄆ；古代的ㄈ變成現代的ㄅ，有注意到一件事嗎？原本古代的ㄆ變成了ㄈ之後，ㄆ這個音就不見了，之後，古代的ㄅ為了補足這個空缺，演變成ㄆ，又因為ㄅ這個音不見，所以古代的ㄈ補足了空缺變成了ㄅ。

條列出以上的過程如下：
1）ㄆ→ㄈ
2）ㄅ→ㄆ
3）ㄈ→ㄅ

如果以流程圖標示，可以得到下圖：

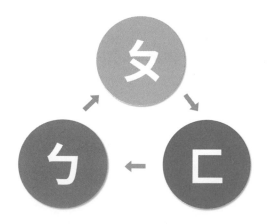

所以說，每種單純的音變（如同化作用）互不相干，請見後面說明，但鏈變的各項音變（ㄆ→ㄈ；ㄅ→ㄆ；ㄈ→ㄅ）的關係密不可分，相互都有連結，並相互影響著。以上模擬的注音符號鏈變可以當作是簡配版的格林法則，讀者可以先有個概念喔！

⬐ 語音轉換｜格林法則

　　語音轉換（以下稱轉音）被歸類在音變中。上述提到音變有三個種類，屬於第一類的同化作用只是單單將一個字母改變成另一個字母，而且各個同化作用彼此都沒有關係，例如：字首 *ad-* 會因為同化作用變成 *af-* 或 *ab-* 等，而 *ad-* 變成 *af-* 這條音變與 *ad-* 變成 *ab-* 這條音變彼此沒有關係，因為 *ad-* 是在不同情況下產生不同的拼寫。至於我們提到的鏈變也屬於上述的第一類音變，帶練變則是一系列且彼此之間相互有關係的音變，格林法則就是一種鏈變。

　　你知道格林法則是誰提出的嗎？相信你應該有聽過童話故事《睡美人》、《白雪公主》和《灰姑娘》吧？這幾個耳熟能詳的童話故事皆出自《格林童話》（Grimm's Fairy Tales，德文：*Grimms Märchen*），又稱《兒童與家庭童話集》（Children's and Household Tales，德文：*Kinder- und Hausmärchen*）。出版《格林童話》的童話蒐集家是**格林兄弟**兩人，分別是雅各布·格林（Jacob Grimm）和威廉·格林（Wilhelm Grimm），他們倆除了蒐集並整理民間童話故事和傳說，還研究語言學和語言文化，甚至還出現在 1000 德幣（德國馬克）上呢！

　　雅各布·格林在 1818 年出版了一本叫做《德語語法》（German Grammar，德文：**Deutsche Grammatik**）的書，並在此書的第二版提出了格林法則（Grimm's Law），不過，在格林提出此法則之前早有一位叫做拉斯穆斯·拉斯克（Rasmus Rask）的語言學家發現此鏈變規律。所以說，拉斯克發現此規律，格林則是系統性地統整、描述，並提出此轉音規律。之後雖然有數位語言學家修正並補充格林法則，不過本書將以雅各布·格林所提出的格林法則為本，並藉由莫建清教授和楊智民老師提出的轉音模式提出更深一層次的轉音法則。

　　原始印歐語衍生出相當多語系，其中一個叫做原始日耳曼語（Proto-Germanic），原始日爾曼語包含英文、德文和荷蘭文等（參考 PIE 分支圖）。拉斯克當時發現，當 PIE 的單字演變到日耳曼語後，特定子音會依照一個規律改

變，我們來看看以下語言間的關係，以及 PIE 的哪些音會變成日耳曼語的哪些音。請注意，拉丁文和希臘文非屬日耳曼語，英文和德文才是。

中文意思	音變	PIE	非日耳曼語		非日耳曼語	
			拉丁文	希臘文	英文	德文
腳	p → f	*ped-	pēdis	poús	foot	Fuß
唇	b → p	*leb-	labium	lobós	lip	Lippe
底	bh → b	*bhu-dhno-	fundus	puthmḗn	bottom	Boden
狗	k → h	*kwon-	canis	kúōn	hound	Hund
家族；種	g → k	*gene-	genus	génos	kin	Kunne
陌生人	gh → g	*ghos-ti-	hostis	xénos	guest	Gast
三	t → th	*trei-	trēs	treis	three	Drei
二	d → t	*dwo-	duo	diplós	two	Zwei
門	dh → d	*dhwer-	foris	thýra	door	Tür

以第一部分來看，我們可以發現 PIE 的 p 演變到拉丁文和希臘文時，p 保持不變，但到了日耳曼語的英文和德文後，卻改變成 f；同理，PIE 的 b 演化到拉丁文和希臘文，b 保持不變，但在英文和德文變成 p。第二和第三部分也同理，也就是說，**當 PIE 演化到非日耳曼語時，大多情況拼寫不會改變，而演化到日耳曼語後，字母會依照一個系統改變。**格林將這個概念加以統整並提出格林法則，如下：

1.		2.		3.	
PIE	日耳曼語	PIE	日耳曼語	PIE	日耳曼語
p	f	k	h	t	th
b	p	g	k	d	t
bh	b	gh	g	dh	d

以上的格林法則為鏈變，也就是鏈式音變。這個變化我們可以整理成下方圖：

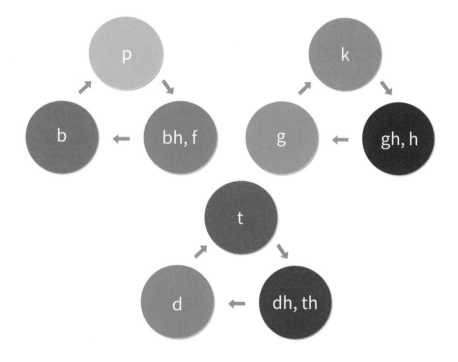

↖ 莫老師的五大類轉音法則

　　以上是格林法則的原型。若仔細觀察各組的發音，你會發現其發音部位相同或相似，因此聽起來很像。以第一組為例，發 p、f、b 這三個音時，三者的音聽起來相似，而且都需要使用嘴唇發音，所以說三者同屬**唇音**；第二組的 k、h、g 聽起來相似，h 是使用喉嚨發音，k、g 則是使用軟顎發音，離喉部不遠，為了讓各位讀者更好理解，筆者將 k、h、g 歸類在**喉音**；最後，t、d、th 聽起來相似，三者發音時舌頭都必須碰到牙齒，所以合稱**齒音**。以上述可得知：**同屬相似發音部位的音可以互相轉換**。國立政治大學莫建清教授以格林法則為基礎加以擴充，並歸類出下列五大類語音轉換規則，每類語音彼此間可以轉換：

1）[p]、[b]、[f]、[v]、[m]
2）[w]、[v]
3）[θ]、[ð]、[t]、[d]、[s]、[z]、[n]、[ʃ]、[ʒ]、[l]、[r]
4）[k]、[g]、[h]、[ŋ]、[j]、[tʃ]、[dʒ]
5）[l]、[r]

↖ 楊老師的轉音六大模式

　　之後，楊智民老師以相同概念和基礎提出了轉音六大模式，並以注音符號輔助記憶，以下：

1　[b]、[p]、[m]、[f]、[v]
　　ㄅ　ㄆ　ㄇ　ㄈ

2　[d]、[t]、[n]、[l]、[r]、[z]、[s]、[ʒ]、[ʃ]、[θ]、[ð]
　　ㄉ　ㄊ　ㄋ　ㄌ　ㄖ　ㄓ　ㄙ

3　[g]、[k]、[h]、[dʒ]、[tʃ]、[ŋ]、[j]
　　ㄍ　ㄎ　ㄏ　ㄐ　ㄑ　ㄥ　ㄧ

4

u　v　w（字母對應，非發音對應）

5

h　s（字母對應，非發音對應）

6

母音通轉

　　注音符號只是輔助記憶，並不代表與其對應到的英文發音一樣。在這轉音六大模式中，前三項為語音的轉換，所以以方括號標示；第四、五類為字母對應，非語音對應，所以沒有方括號標示；最後一類則是母音通轉，因為母音的轉換較沒有一定規律，所以第六類才叫做母音通轉，也就是母音之間可以互相轉換。

　　楊老師歸類出轉音六大模式後，也描述轉音的基礎：**「音相近，義相連」**，也就是兩字的發音部位相同（相近）或發音聽起來相似時，兩者的語意會有關連。以字根 *ped* 與 foot 為例：若以音標標示（[pɛd]、[fʊt]），會發現兩者都含有三個音，第一個音（[p]、[f]）同屬轉音六大模式第一類，第二個音（[ɛ]、[ʊ]）同屬第六類，最後一個音（[d]、[t]）同屬第二類，所以兩者的發音部位相近，意思也互相有關聯，*ped* 和 foot 都是「腳」的意思。

　　為何母音通轉？在借字的過程中，除了有機會改變子音，母音也有機會改變，就如同上述的 sofa 與沙發，向英文借字後將 s 的音轉換成ㄕ的音，也將 [o] 的音轉音成ㄚ的音，這裡可以很明顯看到母音的轉變。因為在借字的過程中我們通常無從得知母音會如何轉換，只知道母音之間可以相互通轉。

↖ 作者的轉音六大模式

作者以格林法則、莫老師的五大類轉音法則和楊老師的轉音六大模式為基礎，提出更深一層次的轉音六大模式。因莫老師和楊老師提出的轉音模式已相當完善，筆者僅在楊老師的轉音六大模式的第五類加以擴充。楊老師所說的 h、s 字母對應為希臘文 h 和拉丁文 s 對應，舉例來說，*hyper-* 和 *super-* 皆表示「超過；超越」的字首，前者源自希臘文，後者則源自拉丁文。不過，希臘文和拉丁文的字母對應不止這組，還有 **ph/f** 和 **y/u** 對應，例字如 peri**ph**ery / con**f**erence 和 d**y**ad / d**u**al。

希臘文	拉丁文	例字
h	s	**h**ypertension / **s**upersonic
ph	f	peri**ph**ery / con**f**erence
y	u	d**y**ad / d**u**al

調整過後的轉音六大模式為下圖：

1　[b]、[p]、[m]、[f]、[v]
　　ㄅ　ㄆ　ㄇ　ㄈ

2　[d]、[t]、[n]、[l]、[r]、[z]、[s]、[ʒ]、[ʃ]、[θ]、[ð]
　　ㄉ　ㄊ　ㄋ　ㄌ　ㄖ　ㄓ　ㄙ

3　[g]、[k]、[h]、[dʒ]、[tʃ]、[ŋ]、[j]
　　ㄍ　ㄎ　ㄏ　ㄐ　ㄑ　ㄥ　一

4

u　v　w（字母對應，非發音對應）

5

h/s、pf/f、y/u（字母對應，非發音對應）

6

母音通轉

　　為了讓讀者更熟悉轉音六大模式，在此以常見口說用字來讓讀者觀察語音轉變的現象，並觀察這些音是否發音相似。

　　give me 的非正式拼寫為 gimme，口說時也會為了方便而發 gimme 的音，在這個例子中，可以發現 give 的 v 變成了 m，v 和 m 的對應屬於第一類，也可以看做是同化作用的一種。

　　want to 的非正式拼寫為 wanna，口說時也會為了方便而發 wanna 的音，在這個例子中，可以發現兩個 t 變成了兩個 n，t 和 n 的對應屬於第二類。另外，want to 的 o 變成了 a，這也可以看做是母音通轉。

　　that 的非正式拼寫為 dat，口說時也會為了發音方便而發 dat 的音，在這個例子中，可以發現 th 變成了 d，th 和 d 的對應屬於第二類。

　　sheesh 是當你驚訝或是覺得不可置信時會說的，例如：當你朋友跟你說他中了好幾千元的發票，你就可以對他說 sheesh，以表示驚訝之意。此字的來源有可能是 shit，所以算是較委婉的說法。在這個例子中，可以發現 shit 的 t 變成了 sheesh 的 sh，t 和 sh 的對應屬於例二類，i 和 ee 母音通轉。

　　最後，我們倒回去看在字根首尾章節介紹的字根 *cap*。*cap* 是原型，其變體有 *cep*、*cip*、*ceiv*、*cab*、*cop*、*cup* 和 *cov*。我們將這些字根排列整齊後，會發現其實它們都有音的對應，如以下：

$$[k] + V + [p] / [v] / [b]$$

其中，[p]、[v] 和 [b] 屬轉音六大模式第一類，這就是為什麼這些變體字根不難看出來，也是為什麼這些變體字根都是相同意思，因為「音相近，義相連」。

我們從語言的轉變談及語音的轉變，再從音變提及鏈式音變，再將鏈變的精華格林法則提取出來，以其為基礎論述了莫老師的五大類轉音法則和楊老師的轉音六大模式，並秉持「音相近，義相連」的概念，進一步提出筆者的轉音六大模式，豐富轉音的內涵。

▌ 1.4.2 格林法則的應用

格林法則的應用 Application of Grimm's Law。

⟁ 轉音基礎與應用機制

值得一提的是，市面上看到的格林法則單字書幾乎都不是真正的格林法則，怎麼說呢？因為格林法則的原型只有三組轉音，但現今講的格林法則幾乎都是楊老師以「音相近，義相連」的概念所提出的轉音六大模式。不過，為了方便起見，以下還是會將「轉音六大模式」稱作「格林法則」，另外，請搭配筆者的轉音六大模式表格（以下稱轉音表）來閱讀以下敘述，並把每個單字的音確實唸出來，認真感受每個音的發音部位，藉此訓練轉音技巧。

除了認識轉音表外，我們更要知道只有當兩字同源（cognate ｜ *co-* / *gn* / *-ate*）時才能轉音，也就是**當兩字的字源（etymon ｜ *etym* / *-on*）相同時才能相互轉音**。以 foot 和 pedestrian 來說，如果在 Etymonline 查詢，可以看到兩個字都是源自原始印歐語的 **ped-*，所以說，**ped-* 就是這兩字的字源（etymon），也說明這兩字是同源的（cognate），我們就可以加以將簡單字的 foot 透過轉音來記憶較難的字根 *ped* 與較難的單字 pedestrian。

上述提到的「兩字」指的是任何形式的字詞，包括單字、詞素、詞幹等。通常我們會將簡單單字或常見單字轉音成困難單字，或轉音成困難字根，並透過此字根延伸出其他困難單字。如果需要背大量單字，你可能會遇到很短但艱深的單字，這時候可以試著查該字的字源，看有沒有可轉音的簡單字，並一起記憶；再者，艱深的單字也包括長單字，而有些長單字也有困難字根，這時候我們也可以利用格林法則將簡單字轉音成困難字根，並加以記憶困難單字。

↖ 簡單字記憶艱深短單字

by 1788 as an English word in physiology, shortened from medieval Latin bursa mucosa "mucus pouch," **from Medieval Latin bursa "bag, purse," from Late** Latin bursa, variant of byrsa "hide," from Greek byrsa "hide, skin, wine-skin, drum," which is of unknown origin; **compare purse (n.).** Related: Bursal (1751).

舉例來說，醫學術語 bursa 是「囊」的意思，這種短又艱深的單字需要有個記憶點。將 bursa 放到字源字典中查詢，會看到它源自中世紀拉丁文（Medieval Latin｜ *medi / ev / -al*）的 *bursa*，條目後方還有「compare purse (n.)」的字樣，點進去之後可以發現 purse 也源自中世紀拉丁文的 bursa，這代表 bursa 和 purse 的字源相同，也就是同源，可以轉音。如何轉音？請看轉音表的第一類，[b] 可以和 [p] 轉音，又因為 bursa 和 purse 同源，所以可以相互轉音，兩字最後方的母音也可以互相轉換，請參考第六類。

	第一類	字母對應	字母對應	字母對應	母音通轉
簡單字	<p> [p]	u	r	s	e
難單字	<b> [b]	u	r	s	a

⌐ 簡單字記憶艱深長單字

舉 myocardium 為例，「心肌」的意思，和 bursa 同為醫學術語，可拆解成：*my / -o- / cardi / -um*。先看到 *my* 這個表示「肌肉」的字根，和表示「肌肉」的英文 muscle 同源，因兩字同源，可以將 *my* 的 y 和 muscle 的 u 轉音（muscle 後方的 scle 在轉音時可以不理會）。一般我們既定印象會認為英文母音只有 a、e、i、o 和 u，但在這個例子也可以發現 y 也屬母音。

	字母對應	母音通轉	多餘部分
簡單字	m	u	scle
困難字根	m	y	

再來是表示「心臟；心」的字根 *cardi*，表示「心臟；心」的英文是 heart，因兩字同源，所以可以透過轉音用 heart 來記憶字根 *cardi*，後方的 i 是多餘的，可以不理會。

	第三類	母音通轉	字母對應	第二類	多餘部分
簡單字	<h> [h]	ea	r	<t> [t]	
難字根	<c> [k]	a	r	<d> [d]	i

因此，我們可以藉由兩個簡單字 muscle 與 heart 轉音來記憶難字根 *my* 和 *cardi*，你會發現 myocardium 也變得不是那麼難記了。

備註：<> 此符號內的字母表示「拼寫」，非「發音」。

⌐ 格林法則轉音例字

為了讓讀者更熟悉轉音表，以下將列出每一類的轉音例字，至於第六類的母音通轉可以在前五類中觀察到。

⊙ 第一類

1. [f] 轉換成 [p]

「平坦」之意	
簡單字	flat
困難字根	*plat*
延伸單字	platform 講臺
	platypus 鴨嘴獸（*pus* 表「腳」，「平腳動物」之意）
	platitude 平凡（*-tude* 表名詞）
	plate 盤子（「底部扁平」之意）
	plateau 平原（*-eau* 表名詞）
	plain 平坦的（[t]、[n] 互轉，母音通轉）
	plaza 廣場（[t]、[z] 互轉）
	flan 果餡餅；布丁（[t]、[n] 互轉）

2. [b] 轉換成 [f]

「破壞」之意	
簡單字	break
困難字根	*frag*、*frac*（[g]、[k] 互轉）
延伸單字	fragile 脆弱的（「易遭破壞」之意）
	fragment 碎片（破壞後的結果）
	frangible 易碎的（字根 *frang* 的 *n* 為中綴）
	fracture 裂縫（*-t-* 為詞幹延長物）
	fraction 部分（經破壞、分離後的各個部分）
	fractious 易怒的；暴躁的（「情緒易遭破壞」之意）
	infringe 違反；違背（字根 *fring* 的 *n* 為中綴，母音通轉，「打破規則、法律」之意）
	breach 破壞；違反（[k]、[tʃ] 互轉）

3. [v] 轉換成 [b]

「移動」之意	
簡單字	move
困難字根	*mob*
延伸單字	mobile 活動的；流動的（*-ile* 表形容詞） mobility 流動性（*-ty* 表名詞） mobilize 動員；調動（*-ize* 表動詞） automobile 汽車（*auto-* 表「自己」） mob 暴民（「到處移動」之意）

⊙ 第二類

1. [θ] 轉換成 [t]

「延展；薄的」之意	
簡單字	thin
困難字根	*ten*
延伸單字	extenuate 辯解（*ex-* 表「往外」） attenuate 使減少、減弱（*at-* 表「to」） hypotenuse 直角三角形的斜邊（*hypo-* 表「下方」） tenable 站得住腳的（*-able* 表「能夠」） tent 帳篷（搭帳棚需要延展許多支架） tendon 腱；肌腱（連接肌肉和骨頭的腱延展性高） tenuous 不確定的；單薄的（*-ous* 表形容詞） abstinence 節制；戒絕（母音通轉） continue 繼續（母音通轉） pertinacious 堅決的；頑強的（母音通轉）

2. [d] 轉換成 [θ]

「做；放置；行動；處理；製作；執行」之意	
簡單字	do
困難字根	*the*
延伸單字	<u>the</u>sis 論文（*-is* 表名詞） <u>the</u>me 主題（*-e* 表名詞） ana<u>the</u>ma 令人討厭的事物（*ana-* 表「上方」） anti<u>the</u>sis 正相反；對立（*anti-* 表「反抗；對立」） hypo<u>the</u>sis 假說；假設（*hypo-* 表「下方」） paren<u>the</u>ses 圓括號（拆解：*para-* / *en-* / *the* / *-s-* / *-es*） syn<u>the</u>sis 合成；綜合（*syn-* 表「一起」） meta<u>the</u>sis 音素易位（*meta-* 表「改變」）

3. [t] 轉換成 [d]

「二；兩個」之意	
簡單字	two
困難字根	*di*、*du*
延伸單字	<u>di</u>ploma 學位證書；文憑（*-oma* 表名詞） <u>di</u>chotomy 一分為二；對立（*tom* 表「切」） <u>di</u>ode 二極體（*od* 表「路」） <u>di</u>phthong 雙母音（*phthong* 表「聲音」） <u>du</u>al 雙重的（*-al* 表形容詞） <u>du</u>et 二重唱；二重奏 <u>du</u>odenum 十二指腸（*den* 表「十」，可和 ten 轉音） <u>du</u>plicate 複製（*plic* 表「折」）

⊙ 第三類

1. [k] 轉換成 [g]

「知道」之意	
簡單字	know
困難字根	*gn*
延伸單字	agnostic 不可知論者（*a-* 表「不」）
	cognition 認知（*co-* 表「一起」）
	cognizance 認識；注意（*co-* 表「一起」）
	diagnose 診斷（*dia-* 表「之間」）
	incognito 隱姓埋名地（*in-* 表「不」）
	ignore 忽視（*i-* 表「不」）
	prognosis 預知；預測（*pro-* 表「前面」）
	recognize 認出；認識（*re-* 表「再次」）

2. [h] 轉換成 [k]

「角；頭」之意	
簡單字	horn
困難字根	*corn*
延伸單字	Capricorn 摩羯座（*capr* 表「羊」）
	corn 雞眼
	cornea 角膜
	corner 角落
	cornet 甜筒；（樂器）短號
	cornucopia 富饒角；大量；豐盛（*copia* 可和 copious 一起記憶）
	unicorn 獨角獸（*uni* 表「一；單獨」）

3. [g] 轉換成 [h]

	「陌生人；客人；主人」之意
簡單字	guest
困難字根	*host*
延伸單字	host 主人
	hospital 醫院
	hospitable 殷勤招待的（-*able* 表形容詞）
	hospitality 好客（-*ty* 表名詞）
	hostage 人質（-*age* 表名詞）
	hospice 安養院
	hostelry 客棧
	hostel 青年旅社
	hostile 不友好的（-*ile* 表形容詞）
	hostility 敵意（-*ty* 表名詞）

⊙ 第四類（字母對應，非發音對應）

1. u、v 互換

「船」之意	
簡單字	navy
困難字根	*nau*
延伸單字	aero<u>nau</u>tics 航空學（*aer* 表「空氣」） astro<u>nau</u>t 太空人（*astr* 表「星星」） cosmo<u>nau</u>t 宇航員（*cosm* 表「宇宙」） <u>nau</u>sea 噁心；嘔吐感 <u>nau</u>tical 航海的（*-al* 表形容詞） <u>na</u>val 海軍的（*-al* 表形容詞） <u>na</u>vigate 導航（*-ate* 表動詞） <u>na</u>vigation 領航（*-ion* 表名詞） <u>na</u>vy 海軍（*-y* 表名詞）

2. w、v 互轉

「世界；人」之意	
簡單字	world
困難字根	*virt*、*vir*
延伸單字	<u>vir</u>tue 美德 <u>vir</u>tuous 品德高尚的（*-ous* 表形容詞） <u>vir</u>tuoso 精湛的；熟練的（*-oso* 表形容詞） <u>vir</u>tuosity 精湛；熟練（*-ty* 表名詞） <u>vir</u>ago 潑婦（*-ago* 表名詞） <u>vir</u>ile 有男子氣概的（*-ile* 表形容詞） <u>vir</u>ility 陽剛（*-ty* 表名詞） trium<u>vir</u>ate 三巨頭（*tri* 表「三」，*-ate* 表名詞）

3. w、v 互轉

「新的」之意	
簡單字	new
困難字根	*nov*、*neo*
延伸單字	innovate 創新；改革（*-ate* 表動詞）
	innovation 創新；創造（*-ion* 表名詞）
	renovate 翻新；修復（*re-* 表「再一次」）
	nova 新星（*-a* 表名詞）
	novel 新穎的
	novice 新手
	neon 氖氣
	neophyte 新手；初學者（*phyt* 表「成長」）
	neonate 新生兒（*nat* 表「生」）
	neologism 新詞（*log* 表「字詞」）

⊙ 第五類（字母對應，非發音對應）

1. h、s 互換

「一半」之意	
希臘文	拉丁文
hemi-	*semi-*
hemisphere 半球	semiconductor 半導體
hemidemisemiquaver 六十四分音符	semiautomatic 半自動的
hemifacial 半面的	semifinal 準決賽
hemihedral 半面的	semicolon 分號
hemiplegia 半身不遂	semimetal 半金屬
hemimetabolism 半變態；不完全變態	semiquaver 十六分音符

2. ph、f 互換

「說；講；發出聲音」之意	
希臘文詞素	拉丁文詞素
pha	*fa*
a<u>pha</u>sia 失語症	a<u>ff</u>able 易於交談的
caco<u>ph</u>ony 噪音	<u>f</u>amous 有名的
eu<u>ph</u>emism 委婉語	<u>f</u>ame 名聲
micro<u>ph</u>one 麥克風	in<u>f</u>ant 嬰兒
pro<u>ph</u>et 先知	pro<u>f</u>ess 聲稱
blas<u>ph</u>eme 褻瀆神民	ine<u>ff</u>able 不可言喻的

3. y、u 互換

「二」之意	
希臘文詞素	拉丁文詞素
dy	*du*
<u>dy</u>ad 二元體	<u>du</u>al 雙重的
epidi<u>dy</u>mis 副睪	<u>du</u>bious 半信半疑的
hendia<u>dy</u>s 重言法	<u>du</u>et 二重奏
praseo<u>dy</u>mium（金屬）錯	<u>du</u>plicate 複製

　　看完以上轉音實例後，建議各位讀者可以再複習一次，之後再去看轉音表。看轉音表時請發出每個音，感受每個音的發音部位，例如：發 [t] 的音會將舌頭頂在上排牙齒上、[m] 會將雙唇緊閉再張開、[g] 的音會明顯感受摩擦處接近喉嚨等。每一類發音的發音部位都相同或相似，所以才能轉音。在之後的章節也請各位讀者搭配轉音表閱讀，並嘗試發音每個單字的音，遇到不確定的發音也絕對要查字典。

▌ 1.4.3 格林法則的體現

　　看完上述實例後，讀者可能會好奇要怎麼做才可以找到轉音的單字。通常我們在學單字的時候，个會刻意去找可以相互轉音的字，而是在學習不同單字的過程中感受其發音，並進一步求證是否能轉音。舉例來說，我們並不會刻意找可以和字根 *ped* 轉音的單字，而是先嘗試發音 *ped*，並猜測可以轉音的簡單字，假如我們猜測是 foot，再進一步去求證 *ped* 和 foot 是否能轉音。因此，這個章節會講述如何找尋同源且可以相互轉音的單字，並提升記憶難字根的能力與效率。

　　嘗試轉音的過程中，難免會遇到發音無法完全對應，因為有些部分可能會是多餘的，就如同表示「肌肉」的字根 *my* 可以和 muscle 轉音，而 muscle 後方的 *scle* 就是多餘的，無法參與轉音。多餘的部分可以在單字最前方、中間和最後方，也就是多餘的部分可以在任何地方，如果遇到多餘的部分可以直接省略不看。舉單字 head 來說，它可以追溯到 PIE 的 **kaput-*，如果單就 head 與 **kaput-* 兩字來說，要如何轉音？嘗試唸出兩字，並感受發其發音部位，你會發現 k 可以和 h 轉音，t 則可以和 d 轉音，而中間的 p 就是多餘的，可以省略不看。

◥ 如何猜測和查詢可轉音的單字？

　　假設我們正在學習「（夏、冬）至」的英文 solstice（*sol / st / -ice*），到 Etymonline 查詢會發現字根 *sol* 是「太陽」的意思，當我們知道字根的意思之後，要想該意思的簡單單字為何。以上述為例，我們會想到 sun 這個簡單字。如果找到相對應的簡單字後，我們來感受一下兩者的發音是否相似、發音部位是否相同（相近），如果相相同或相似，我們再去字源字典查詢兩字是否同源，以 *sol* 和 sun 來說，兩者都是來自印歐語的 **sawel-*，代表兩字確實同源，這時候我們就可以用 sun 來記憶字根 *sol*，並透過字根延伸出更多困難單字，例如：parasol（陽傘）、insolation（日曬）、solar（太陽的）、solarium（日光浴室）。

如果找到同該字根意思的簡單字卻發現兩者發音相似卻不同源時，該怎麼辦？舉例來說，schizophrenia 是「思覺失調症」，中間的字根 *phren* 代表「腦袋」，簡單字為 brain，兩者發音相似，但經查證發現兩者卻不同源。在這種情況下，我們還是可以用 brain 來記憶字根 *phren*，但要記得兩者是不同源的，以尊重兩者字源關係與歷史發展。

查詢兩字是否同源通常是看是否源自相同的印歐語字根，如果在字源字典未顯示印歐語字根時，就需要看該字是來自哪個語言，並在查另一個字的字源時觀察是否也是來自相同語源。舉例來說，annual 是「一年一度的」，*ann* 為「年」的字根，查字源字典可以發現來源是拉丁文的 *annus*，「年」的簡單字我們會想到 year，查詢 year 的字源後發現與它同源的拉丁文卻是 *hornus*，這就代表兩字並非同源。

轉音練習

以下為同源字轉音練習，不妨試試看吧！要記得試著發出可轉音的兩字，並感受發音部位是否相似。

單字	字根	同源轉音字	語源
例：solstice	*sol*	sun	*sawel-*
1. pedestrian 行人			
2. cardiology 心臟病學			
3. interstellar 星際的			
4. batter 連續猛打			
5. similar 相似的			

6. clarity 清楚明瞭			
7. include 包含			
8. denture 假牙			
9. edible 可食用的			
10. deduce 推論			
11. energy 能量			
12. transfer 轉移			
13. confidant 知心朋友			
14. inflation 通膨			
15. flora 植物群			
16. fragment 碎片			
17. homogeneity 同質性			
18. linguistics 語言學			
19. paralysis 癱瘓			

20. direct 直接的			
21. aural 聽覺的			
22. eliminate 刪除			
23. precocious 早熟的			
24. medieval （請列出字根 *medi*） 中世紀的			
25. mentality 心態			
26. parameter 規範			
27. mobilize 動員			
28. novice 新手			
29. companion 同伴			
30. anonymous 匿名的			
31. compel 強迫			
32. complement 補足			

33. triple （請列出字根 *pl*）三倍的			
34. puncture 小孔			
35. popular 受歡迎的			
36. impotent 無能力的			
37. appreciate 增值			
38. approbate 批准			
39. radical 根本的			
40. sedative 鎮定劑			
41. lucid 清晰的			
42. resonant 響亮的			
43. constitute 組成			
44. tenuous 纖細的			
45. nasal 鼻子的			
46. menopause （請列出字根 *men*）停經			

47. inundate 淹沒			
48. utilize 利用			
49. equivocal （請列出字根 *voc*）含糊的			
50. volition 意志			
51. concurrent 並存的			
52. platform （請列出字根 *plat*）平台			
53. nepotism 裙帶關係			
54. Pisces 雙魚座			
55. pyromaniac (root: *pyr*) 縱火狂			
56. peril 危難			
57. paucity 缺乏			
58. capital 首都			
59. perforate 穿孔			

60. abbreviate 縮略			
61. vermicular （請列出字根 *verm*）蠕蟲狀			
62. vigilant 警惕的			
63. cornea 角膜			
64. convey 表達			
65. dilemma （請列出字根 *di*）兩難			
66. triple （請列出字根 *tri*）三倍的			

其他非同源轉音實例

雖然有些字彼此不同源，但發音部位卻非常相近，遇到這種字我們也能透過轉音來記憶字根，但要記得他們之間不同源，就和上述提到的字根 *phren* 和 brain 道理一樣。以下是常見非同源轉音例字。

單字	詞素	詞素意思	非同源轉音字
oviparous 卵生的	*par*	出生	bear
impecunious 沒錢的	*pec*	錢；財產	fee

pathetic 可憐的	*path*	感覺	feel
impalpable 難懂的	*palp*	觸摸	feel
malicious 惡意的	*mal*	壞的	bad
magnanimous 寬宏大量的	*magn*	大的	big
schizophrenia 思覺失調症	*phren*	腦袋	brain
infuse 注入	*fus*	傾倒	pour
facilitate 促進	*fac*	製作	make
polygamy 多配偶制	*poly-*	多	many
alleviate 緩解	*lev*	提起	lift
diction 發音方式	*dic*	說話	talk
doctrine 信條	*doc*	教導	teach
genocide 大屠殺	*cid*	殺；砍	cut
mortal 致死的	*mort*	死	murder
compose 作曲	*pos*	放	put
calorie 卡路里	*cal*	熱	heat

合理的非同源轉音實例

在提合理的非同源轉音實例前，我先來提一下音素易位。**音素易位**（metathesis｜*meta- / the / -sis*）在每個語言中都相當常見，英文的 metathesis 字面上意思即「交換位置」，尤其是指音的位置。舉例來說，之前在學日文時有學到「～なければいけない」的句型，意思是「不得不～」，但我常常念錯念成「～なれ<u>け</u>ばいけない」，你會發現有兩個音不小心互換了，這種現象就叫做音素易位。舉中文的例子來說，我有一次不小心把「電腦」念成「念島」，兩字開頭的注音互換了（ㄉ和ㄋ互換）。舉英文的例子來說，我常常把 Scandinavia（斯堪地那維亞）念成 Scandivania，n 和 v 互換了。

另外，英文的 mix 和 miscellaneous 的字根 *misc* 也有音素易位的現象發生，因為 mix 的 x 有兩個音，而這兩個音不小心念相反，所以就變成了 *misc*，即便唸錯了，這兩個字仍舊是相互同源。

有兩個是楊老師認為可以以音素易位為基礎來轉音的例字，分別是字根 *phil* 和 *morph*。*phil* 表「愛」，可和 love 轉音，例字如：**phil**anthropist（慈善家）、**phil**harmonic（愛音樂的）、**phil**osophy（哲學）；*morph* 表「型態；形狀」，可和 form 轉音，例字如：**morph**ology（構詞學）、**morph**ine（嗎啡）、**morph**eme（詞素）、meta**morph**osis（變態）。

1.5 如何使用字源工坊

　　第二章的字源工坊主要是幫助你擴增單字量，和讓你了解用原始印歐語學習單字的架構與概念，總共有 6 類，分別為：大自然、人類與家族、身體動作、著手做事、數字與數量、其他。每一類有數個原始印歐語，以印歐語字根延伸拉丁文和希臘文單字，再將這些單字刪除字尾找出英文字根，並以這些字根延伸出實用單字和其他深難字。

　　每個原始印歐語字根都會以心智圖呈現，讓讀者可以先具有該印歐語字根和延伸拉丁文與希臘文單字的核心概念。在心智圖上方也會有該印歐語解釋的圖像輔助記憶，讓讀者可以對該印歐語字根的印象更加深刻。在解釋各個單字的意思和用法前，會有每個拉丁文單字、希臘文單字、數個單字的**字源解析**，在字源解析中，讀者可以知道該印歐語主要可以延伸出來的拉丁文和希臘文單字有哪些，也讓讀者知道哪些單字可以和該印歐語轉音輔助記憶。除了轉音，還會列出日常生活的單字，來輔助讀者記憶。另外，下方會補充非外來借字，也就是日耳曼語和古英文演變到現在的英文，並解釋這些單字的意思和是否可轉音。最後就是關於主要延伸單字的其他解說。

在**主要單字**中，每個單字都會有音標、詞性、解釋、拆解、聯想、例句和搭配詞，讓讀者可以知道如何發音、單字解釋如何和字面上的意思連結、單字該如何使用。

在**延伸學更多**中，會以主要的英文字根來延伸更多深難字，讀者可以思考是否有需要學習這部分的單字，對於高中生來說比較沒有必要，但多學些單字也有好處，這裡就交給各位讀者自行評估。因為不是主要單字，所以不會有音標、例句、搭配詞、拆解與聯想。熟悉了第二章的架構之後，讀起來一定會更得心應手。接下來，就跟著本書往下一章節邁進吧！

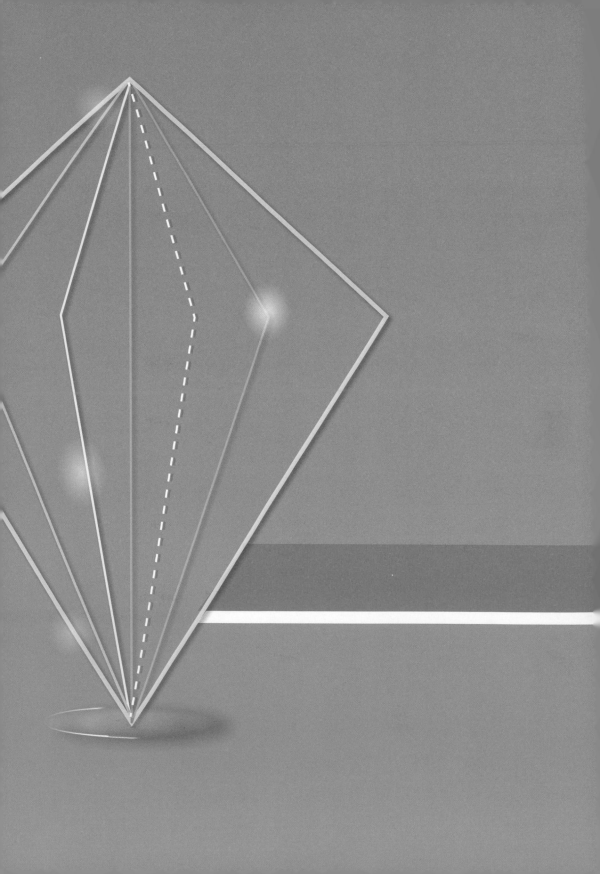

Chapter

2

字源工坊

Chapter 02 字源工坊音檔雲端連結

因各家手機系統不同 ， 若無法直接掃描，
仍可以至以下電腦雲端連結下載收聽。
（https://tinyurl.com/4xnsxmbt）

#01.
*dhghem- "earth"
「地球；土壤；陸地」

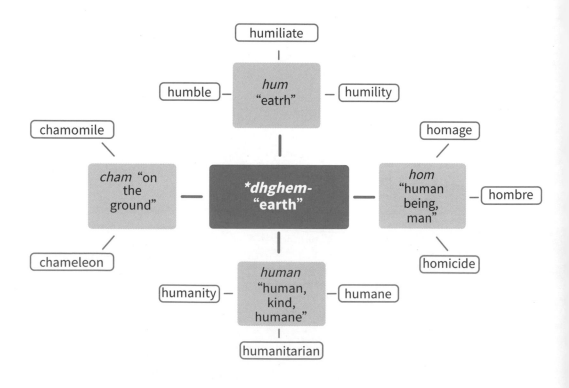

humiliate

humble — *hum* "eatrh" — humility

chamomile

cham "on the ground" — ***dhghem-* "earth"** — *hom* "human being, man"

homage

hombre

chameleon

homicide

human "human, kind, humane"

humanity — humane

humanitarian

　　dhghem- 衍生出能延伸英文單字的四個單字，分別是拉丁文的 *humus*、*homō*、*hūmānus* 和希臘文的 *khamai*。以上單字去除字尾後可以得到英文字根 *hum*、*hom*、*human* 和 *cham*，這四個單字都省略了印歐語前方的 dh，估計是因為前方的音在演化過程中脫落，這種現象在其他組單字也常見，尤其 dh 後方有 g(h) 或 k(h) 時，dh 時常脫落。印歐語的 gh 到了拉丁文變成 h，到了希臘文則是 kh，kh 的音被拉丁化之後則拼作 ch，念作 [k]。

　　dhghem- 是「地球；土壤；陸地」的意思，衍生出的意思包括表示「土地（衍生意：低）」的字根 **hum**、表示「人；人類」的 **hom**、表示「人類；種類」的 **human** 和表示「地上」的 **cham**。四個字根都可以互相轉音，轉音過程中，*human* 的 an 可以當作是多餘的部分。

　　hum 當單字是「嗡嗡作響」的意思，也就是「連續發出低沉聲音」的意思，所以可以加以記憶表示「低」的字根 *hum*；**HOM** 是個男裝品牌，可以加以記憶表示「人；人類」的字根 *hom*；**human** 這個字根和單字是一樣的意思和拼寫。

　　從古英文演變而來的同源單字有一個，bridegroom 或 groom，groom 字面上的意思是「男人」，古英文拼作 *guma*，到了現代英文多了一個 r 音，估計是因為受到其他字的拼寫影響，所以多加了 r 音。groom 和 *guma* 也可和印歐語 *dhghem-* 轉音，前方的 dh 也同樣脫落。這裡也可以發現，印歐語的 gh 演變到日耳曼語則是變成 g。

　　字根 *hum* 本意是「土地」，又因土地位於低處，衍生出「低」的語意，在 humble、humiliate 和 humility 等字中，*hum* 專指「人姿態放低」。humble 和 hombre 在演化中多出了 b 的拼寫，這個現象主要是發生在兩子音中間，可以想像成原本拼作 humle 和 homre，後來在兩子音中加上類於 m 的音 b，其他例字如英文的 nominate 在西班牙文為 *nombrar*，也多出 b 的拼寫。hombre

原本是西班牙文，借到英文後拼寫和發音不變，又因西班牙文不發 h 的音，所以 hombre 念作 [`ɔmbre]，非 [`hɔmbre]。變色龍的英文 chameleon 字面上的意思是比喻「陸地上的獅子」，估計是因為變色龍長得較兇，或因為變色龍頭的周圍看似獅子的鬃毛；而洋甘菊的英文 chamomile 字面上的意思是比喻「陸地（地球）上的蘋果」，原因是因為洋甘菊的花香聞起來有蘋果香。要特別注意 chameleon 和 chamomile 的 ch 都是念作 [k]。

主要單字

▲ *hum* 土地（衍生意：低。因土地在低處）

單字	例句
humble [`hʌmbl] **adj.** 謙虛的；謙遜的 拆解 *hum / -ble* 聯想 人姿態放低（*hum*）→謙虛的；謙遜的	I beg you to accept my **humble apologies** for the mistake. 對於這樣的錯誤，我求你接受我最真誠的道歉。 **In my humble opinion**, it will not work like this. 根據我個人的淺見，這樣是無法成功的。
humiliate [hju`mɪlɪˌet] **vt.** 羞辱；使丟臉 拆解 *hum / -il / -i- / -ate* 聯想 使人姿態放低（*hum*）→羞辱；使丟臉	The promising team **was humiliated** in last night's match. 那對相當有望的隊伍在昨晚比賽遭慘敗。
humility [hju`mɪlətɪ] **n.** 謙卑；謙遜；謙虛 拆解 *hum / -il / -ity* 聯想 姿態放低（*hum*）的狀態→謙卑；謙遜；謙虛	David Hume says that **humility** is a dissatisfaction with ourselves on account of some defect and infirmity. 大衛·休謨說：謙卑是由於某些缺陷或不健全而對自己不滿意。

◢ hom 人；人類

homage [`hɑmɪdʒ]
n. 敬意

拆解 hom / -age

聯想 人（hom）和人之間的尊敬 →敬意

We must **pay homage to** the elders.
我們必須對長者有敬意。

The soldiers **bowed in homage** to the majestic general.
士兵們充滿敬意地向威嚴的將軍敬禮。

---

hombre [`ɔmbre]
n. 男人；傢伙

拆解 hom / -b- / -re

聯想 普通人（hom）→男人；傢伙

We two **hombres** in a strange town need to watch each other's back.
在這不尋常的城市裡，我們兩兄弟需要照顧一下彼此。

This book is about the doings of the two **bad hombres**.
這本書是有關兩個壞蛋的所作所為。

---

homicide [`hɑmə,saɪd]
n. 謀殺

拆解 hom / -i- / cid / -e

聯想 把人（hom）砍（cid）死 →謀殺

More than 400,000 people **die from homicide** each year.
每年有超過四十萬個人死於謀殺。

The criminal **committed homicide** several times.
這個罪犯已謀殺數次。

◢ human 人類；種類

humane [hju`men]
adj. 人道的

拆解 human / -e

聯想 關愛人類（human）生命的→人道的

Halden Prison is reported to be the most **humane** prison is the world.
據說哈爾登監獄是世上最人道的監獄。

humanitarian
[hjuˌmænə`tɛrɪən]
n. 人道主義者

拆解 *human / -it- / -arian*

聯想 關愛人類（***human***）生命的人→人道主義者

Humanitarian Mahatma Gandhi is known for doing hunger strikes.
人道主義者甘地以絕食抗議聞名。

More and more people need **humanitarian aid**.
愈來愈多人需要人道援助。

---

humanity [hju`mænətɪ]
n. 人性

拆解 *human / -ity*

聯想 人類（***human***）的性情和特徵→人性

All our traditions of tolerance and **humanity** seemed to have dissolved.
我們所有寬容和人性的傳統似乎都已消亡。

◢ *cham* 地上

chameleon [kə`miljən]
n. 變色龍；牆頭草

拆解 *cham / -e- / leon*

聯想 陸地（***cham***）上的獅子（***leon***）→變色龍；牆頭草

Color change in **chameleons** has functions in camouflage.
變色龍的顏色變化具有偽裝功能。

He is such a **political chameleon**.
他真是個尚書大人。

---

chamomile
[`kæməˌmaɪl]
n. 洋甘菊

拆解 *cham / -o- / mil / -e*

聯想 陸地（***cham***）上的蘋果（***mil***）→洋甘菊

Chamomile's white and yellow flowers are used to make tea.
洋甘菊的白、黃色花瓣可以拿來泡茶。

字根 *hum*

　　拉丁文 *humus* 是「土地」，延伸單字 **hum**us 拼寫相同，表「腐植層」，為土壤有機質的主要成分，為地質學專有名稱。ex**hum**e 是「挖出屍體」，也就是將屍體從土地裡挖出來，名詞為 ex**hum**ation。in**hum**e 則是「埋屍體」，名詞為 in**hum**ation。trans**hum**ance 是「季節移牧；山牧季移」，也就是改變放牧地點，因字首 *trans-* 表「越過」。

字根 *hom*

　　拉丁文 *homō* 是「人；人類」，延伸單字 bon**hom**ie 是「友好；友善；幸福」，*bon* 表「好」，發音為 [`bɑnəmi]，false bonhomie 為「偽善」。ad **hom**inem 為一種邏輯謬誤（logical fallacy｜*log / -ic / -al*；*fall / -ac- / -y*），表「訴諸人身；對人不對事」，是種以對人不對事的言論來支持己方論證的理據，例如：當對方說做某件事情是不好的，你說：「你不也做過嗎？」你說的這番話就犯了此邏輯謬誤。

字根 *human*

　　拉丁文 *hūmānus* 是「人類；種類」，延伸單字 **human**ism 是「人文主義」、**human**ist 是「人文主義者」。在 humane 前方加上表否定字首 in- 為 in**human**e，表「非人道的；不人道的」。**human**ize 是「使人性化」。**human**oid 是「類人的機器」，*-oid* 表「像」。

#02.

*leuk-
"light, brightness"
「光；亮」

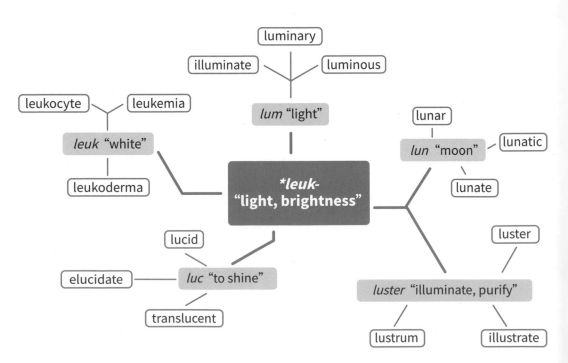

- luminary
- illuminate
- luminous
- *lum* "light"
- leukocyte
- leukemia
- *leuk* "white"
- leukoderma
- lunar
- *lun* "moon"
- lunatic
- lunate
- ***leuk-* "light, brightness"**
- luster
- *luster* "illuminate, purify"
- lucid
- elucidate
- *luc* "to shine"
- translucent
- lustrum
- illustrate

　　leuk- 衍生出相當多單字，這裡只列出能延伸英文單字的五個單字，分別是拉丁文的 *lūmen*、*lūna*、*lustrum / lūstrāre*、*lūcēre* 和希臘文的 *leukós*。以上單字去除字尾後可以分別得到英文字根 *lum*、*lun*、*luster*、*luc* 和 *leuk*，並且，可以發現 *leuk* 和 PIE 的拼寫是一樣的。

　　leuk- 是「光；亮」的意思，衍生出的意思包括表示「光」的字根 **lum**、表示「月亮」的 **lun**、表示「照亮；淨化」的 **luster**、表示「發光」的 **luc** 和表示「白色」的 **leuk**。大部分的字根都是 *lu* 後方加上字母群（m、n、ster），原本的 k 的拼寫和發音也在這幾個單字中消失。有保留 k 的發音是字根 *luc*，希臘字根 *leuk* 拼寫上則原封不動。*leuk*-、*luc* 和 *leuk* 可以透過轉音相互記憶。

　　「光明會」的英文是 I**llum**inati，可以用這個字記憶表示「光」的字根 *lum*；有學過西班牙文的可能會知道 **lun**a 這個表示「月亮」的單字，可以加以記憶表示「月亮」的字根 *lun*；Adobe 公司有一個相當好用的向量圖形軟體 Adobe I**llustr**ator，可以加以記憶表示「照亮；淨化」的字根 *luster*；路西法（**Luc**ifer）的古希臘文字面上意思為「黎明使者」，在拉丁文字面上的意思則是「光之使者」，可以加以記憶表示「發光」的字根 *luc*；讀醫學的朋友絕對不要錯過表示「白色」的字根 *leuk*，因為它可以延伸很多醫學單字喔。

　　從古英文演變而來的同源單字有幾個，包含 light、lightning、lea、levin 等。light 可以和 *leuk*- 轉音，雖然 light 的字母群 gh 不用發音，但可以將 light 的 g 對應到 *leuk*- 的 k 進行轉音；同理，lightning 也可以這樣對應轉音。lea 則是去除了原有的 k 的拼寫與發音；levin 的 v 可以對應到 *leuk*- 的 u 進行轉音。lea 是「草地」的意思，字面上的意思為「光線所照的地方」，這個字較文謅謅，通常會在詩歌裡看到；levin 是「閃電」的意思，可謂 lightning 的同義詞，但這個字現今較不常用。

雖然本書列的字根是 *lum*，詞幹延長物是 *-in-*，但因為 *lum* 後方通常都是加上 *-in-*，所以也可以把 *lumin* 看作是一個字根或是詞幹。特別需要注意的是 lunate 這個字的發音，通常形容詞結尾的 *-ate* 是發作 [ɪt] 或是 [ət]，但 lunate 的 *-ate* 是發作 [et]。另外，lustrum 本意是「古羅馬每五年人口普查後舉行的驅邪（淨化）儀式」，後來可以直接拿來當「五年」使用，複數形式是 lustra 或是 lustrums，牛津字典也有特別標示 lustras 是錯誤的複數形式。仔細觀察會發現 illuminate、illustrate 和 elucidate 都有「解釋」的含意，當光打在某個東西上，能夠使該東西更清楚，就如同當你解釋某件事情能夠讓事情更清楚，概念上是一樣的。最後，雖然這邊列的單字是 leukoderma，但 vitiligo 這個字比較常用，同樣是「白斑病」的意思，發音為 [ˌvɪtəˈlaɪgo]。

主要單字

◤ *lum* 光

illuminate [ɪˈluməˌnet] **vt.** 照亮；闡明 拆解 *il- / lum / -in- / -ate* 聯想 用光（*lum*）照進去（*il-*） →照亮；闡明	Most dwellings **were illuminated by** brands or torches of pinewood. 松木製的火炬和火把照亮了多數住處。 The teacher tried to **illuminate** the obscure period of history. 這位老師嘗試要闡明這段鮮為人知的歷史。
luminous [ˈlumənəs] **adj.** 夜光的；發亮的 拆解 *lum / -in- / -ous* 聯想 會發光（*lum*）的→夜光的；發亮的	The article is about the **luminous organs** of fishes living in deep-sea. 這篇文章是關於深海魚的發光器。 My alarm clock has a **luminous dial**. 我鬧鐘的旋鈕會發光。

luminary [ˋlumə͵nɛrɪ]
n. 知名人士 [C]

拆解 lum / -in- / -ary

聯想 全身是光（**lum**）的人→專
家；知名人士

John Locke is a **luminary** of
philosophy and science.
約翰洛克是位哲學和科學領域的知名人士。

▲ lun 月亮

lunar [ˋlunɚ]
adj. 月亮的

拆解 lun / -ar

聯想 月亮（**lun**）的→月亮的

It was new moon on Friday, and the
lunar probe must be launched.
禮拜五將有新月，應發射月球探測器。

lunatic [ˋlunə͵tɪk]
n. 瘋子 [C]

拆解 lun / -at- / -ic

聯想 受到月亮（**lun**）的折磨→
瘋子

An encounter between a **lunatic**
and a murderer took place
yesterday.
昨天發生了一個瘋子與殺人犯的相遇事件。

lunate [ˋlunet]
adj. 新月形的

拆解 lun / -ate

聯想 月亮（**lun**）形狀的→月形
的；月狀的

The **lunate bone** is named after its
crescentic outline.
月狀骨是以其新月形輪廓來命名。

▲ *luster* 照亮；淨化

luster [ˋlʌstə]
n. 光澤；光彩 [U]

拆解 N/A

聯想 被照亮（*luster*）的→光澤；光輝

This is the treatment for restoring the **luster** to dull hair.
這是使乾枯頭髮恢復光澤的療法。

This character **added some luster to** an unimpressive movie.
這個角色為這部平淡的電影增添了些許光彩。

---

illustrate [ˋɪləstret]
vt. 畫插圖；說明

拆解 *il- / lust(e)r / -ate*

聯想 照亮（*luster*）後能更清楚→畫插圖；說明

Oxford Picture Dictionary is a **beautifully illustrated** book.
牛津圖解字典是本有精美插圖的書。

He **illustrated** it by the quotations and metaphors which are sound and to the point.
他藉由完好又到位的引用與暗喻來加以解釋。

---

lustrum [ˋlʌstrəm]
n. 五年 [C]

拆解 *lustr / -um*

聯想 淨化（*lustr*）前的人口普查活動→五年

Amy Winehouse has passed away for **over two lustra.**
艾美·懷恩豪斯已過世十餘年。

▲ *luc* 發光

lucid [ˋlusɪd]
adj. 清楚明瞭的

拆解 *luc / -id*

聯想 東西或事情發光（*luc*）的→清晰明瞭的

You must give **a clear and lucid account** of your future plan.
你必須清楚明瞭地講述你對未來的規劃。

elucidate [ɪ`lusə͵det]
vt. 闡明；解釋

拆解 *e- / luc / -id / -ate*
聯想 使事情往外（*e-*）發光
（*luc*）→使事情清楚→闡
明；解釋

My tutor **elucidated** the physiological structure of the muscles of the hand.
我家教解釋了手部肌肉的生理構造。

---

translucent [træns`lusənt]
adj. 半透明的

拆解 *trans- / luc / -ent*
聯想 光（*luc*）能透過去
（*trans-*）的→半透明的

The beach with **translucent water** is the main attraction of this trip.
這次旅遊的主要景點是海邊，一旁是澄清的海水。

▲ *leuk* 白色

leukemia [lu`kimɪə]
n. 白血病 [U]

拆解 *leuk / (h)em / -ia*
聯想 有大量白（*leuk*）血
（*hem*）球的疾病（*-ia*）
→白血病

People with **leukemia** can get the boosters first.
白血病病患可以優先得到輔助藥劑。

---

leukocyte [`lukə͵saɪt]
n. 白血球 [C]

拆解 *leuk / -o- / cyte*
聯想 白色（*leuk*）的細胞
（*cyte*）→白血球

The test revealed that the **leukocyte count** was too low.
此次檢查檢測出白血球數量過低。

---

leukoderma [͵lukə`dɝmə]
n. 白斑病 [C]

拆解 *leuk / -o- / derm / -a*
聯想 皮膚（*derm*）變白色
（*leuk*）的病→白斑病

Jon Hamm, an American actor, **suffers from leukoderma**.
美國男性演員喬 ‧ 漢姆患有白斑症。

字根 *lum*

拉丁文 *lūmen* 除了有「光」的意思，還有「開口；孔」的意思，可以這樣想：房間有開口（孔），光才照得進來。這就是為甚麼 **lum**en 有「（光的單位）流明」和「（身體內的）腔」這兩個意思，而 **lum**inal 是 lumen 的形容詞，「腔的」的意思。phi**llum**enist 是「火柴盒收藏者」，*phil* 是「愛」，*lumen* 代指「火柴」，-*ist* 表人，把 -*ist* 換成 -*y* 就形成 phi**llum**eny，「火柴盒收藏嗜好」的意思。另補充一個字 bio**lum**inescence，「生物發光」的意思，後方的 *escence* 可以視為名詞，*bi* 是「生物」。

字根 *lun*

拉丁文 *lūna* 是「月亮」，延伸單字 **lun**ula 是「甲弧影」，白話一點就是指甲的白色半月型區域，也稱作 half-moon。sub**lun**ary 是「月下的；塵世的」的意思，*sub-* 是「下方」，把地球比擬成在月球的下方，所以才有「塵世的」的意思。

字根 *luster*

拉丁文 *lustrum / lūstrāre* 是「淨化；發光」，延伸單字 lack**luster** 是「缺乏生氣的」，字面上的意思就是「沒有光輝的」，而 **luster**less 則是「黯沉的；缺乏光澤的」，可以形容皮膚或眼睛等部位，**lustr**ous 是形容詞「閃閃發亮的」的意思。特別注意，表示「光澤」的 luster 別跟 lust 的名詞 luster 搞混了，雖然不太常見，但後者 luster 表示「渴望……的人」。i**llustr**ation 常表示「插圖；例證」的意思，i**llustr**ator 則是「插圖畫家」，i**llustr**ative 是「作為例證的」。特別注意，i**llustr**ious 表示「著名的；卓越的」，概念和 luminary 很像。

字根 *luc*

拉丁文 *lūcēre* 是「發光」，延伸單字 pellucid 是「清澈的；燦爛的；意思清楚的」，*pel-* 是表示「透過」*per-* 的變體，這個單字比較會在文學作品上看到。relucent 這個字較少見但不難記，「反射光的；閃亮的」，*re-* 表示「往後；往回」，字面上的意思即「將光反射回去」。

#03.
wed-(1)
"water, wet"
「水；濕」

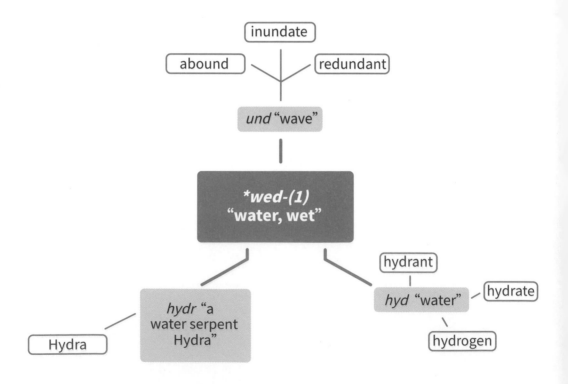

inundate

abound — redundant

und "wave"

wed-(1) "water, wet"

hydr "a water serpent Hydra"

Hydra

hydrant

hyd "water" — hydrate

hydrogen

　　wed-(1) 衍生出能延伸英文單字的三個主要單字，分別是拉丁文的 *unda* 和希臘文的 *hudōr* 和 *hudrā*。以上單字去除字尾後可以分別得到英文字根 *und*、*hyd* 和 *hydr*，在單字的演變過程中，母音改變較無規律。

　　wed-(1) 是「水；濕」的意思，衍生出的意思包括表示「波浪」的字根 ***und***、表示「水」的 ***hyd*** 的和表示「水怪」的 ***hydr*** 的。w 雖然是子音，但發音時卻像 [u]，可以和其他母音通轉，因此三個字根的拼寫在轉音的基礎上就合理了。相較拉丁文，h 在希臘文相當常見，且可對應拉丁文的 s。

　　水底的英文是 **und**erwater，雖然不同源，但前方的 und 可以加以記憶表達「水」的字根 *und*；拉丁文的 *aqua* 代表「水」，希臘文的水則是 *hudōr*，兩個可以一起記憶，皆可延伸更多單字。

　　從古英文演變而來的同源單字有幾個，包含：water、wet、wash、winter、otter 等。water 的 wat 就是印歐語的 *wed-(1)*，可以轉音；wet 也可和此印歐語轉音；wash 則是 was 的部分可以轉音；winter 中間的 n 可以視為連接字母，後方的 t 就是印歐詞根的 d；otter 是「海獺」，也可和此印歐語轉音。

　　字根 *und* 雖然是「波浪」的意思，但下方的單字用「水」比較好聯想。字根 *hyd* 的延伸單字後方通常會有 r，所以可以將 *hydr* 視為字根，不過還是有些延伸單字沒有 r，所以本書將 *hyd* 和 *hydr* 分開解釋。大部分就會有「水」的涵義在內，例如：hydrotherapy 為「水療」。在 inundate 和 Hydra 這兩字中，我們發現單字語意的抽象化，很多單字都會有抽象化的產生，也是因為這樣才會使一個單字有多個意思，但核心語意不變。

▲ *und* 波浪

inundate [ˋɪnʌnˌdet]	The rivers were **inundating** the lands.
vt. 淹沒；使應接不暇	河川把土地淹沒了。
拆解 *in- / und / -ate*	There was a mixture of opinions **inundating** the people in the conference.
聯想 波浪（*und*）灌進去（*in-*）→淹沒；使應接不暇	這會議充斥著各種錯綜複雜的意見，令每個人無所適從。
abound [əˋbaʊnd]	The street **abounds with** stores selling speakers.
vi. 大量存在	這條街到處都是賣音響的店。
拆解 *ab- / ound*	
聯想 水（*und*）過多流出（*ab-*）→大量存在	
redundant [rɪˋdʌndənt]	When composing, try to avoid any **redundant** words.
adj. 多餘的	寫作時，要避免各種多餘的字詞。
拆解 *re- / -d- / und / -ant*	
聯想 水（*und*）不斷（*re-*）變多→多餘的	

▲ hyd 水

hydrant [ˋhaɪdrənt]
n. 消防栓

拆解 hyd / -r- / -ant

聯想 會噴水（**hyd**）的物品→消
防栓

There should be a **hydrant** every hundred meters of the street.
這條街每一百公尺就應該要設置一個消防栓。

---

hydrate [ˋhaɪdret]
vt. 補水

拆解 hyd / -r- / -ate

聯想 補充水（**hyd**）分→補水

Be sure to **hydrate** before you exercise.
運動前一定要補充水分。

---

hydrogen [ˋhaɪdrədʒən]
n. 氫氣

拆解 hyd / -r- / -o- / gen

聯想 碰氧時產水（**hyd**）→氫氣

Most combustibles are rich in **hydrogen**, so be careful.
大部分的易燃物質都有大量氫氣，小心為妙。

▲ hydr 水怪

Hydra [ˋhaɪdrə]
n. 九頭蛇；難以根除的棘手問
題

拆解 hydr / -a

聯想 水怪（**hydr**）→九頭蛇；
棘手問題

They whispered "**Hail Hydra**" into my ear, and I was scared, but found out that was a dream.
他們在我耳裡輕聲說了句「九頭蛇萬歲」，
我很害怕，但之後才發現是場夢。

Selfishness is **the hydra** we are perpetually combating.
自私這件事難以根除，我們不斷在與其抗爭。

字根 *und*

拉丁文 *unda* 是「波浪」，延伸單字 **und**ulate 是「波動」，中間的 *-ul-* 可以視為連接字母，形容詞 **und**ulant 為「波浪的」。red**ound** 是「起作用；有益處」，是個非常正式的用字，中間的 *-d-* 也是連接字母，字面上的意思是「波浪往後（回）走」，後來產生褒意，衍生出「起作用」的意思。surr**ound** 是「包圍」，前方的 *sur(r)-* 是「越過；超過」。

字根 *hyd*

希臘文 *hudōr* 是「水」，延伸單字 carbo**hyd**rate 是「碳水化合物」，前方的 *carb* 是「碳」，可以和 carbon 一起記憶。**hyd**rophobia 是「恐水症；狂犬病」，*phob* 這個字根也源自希臘文，「害怕」的意思。**hyd**rotherapy 是「水療」，therapy 為「療程」，常見的其他療程有 aromatherapy（芳香療法）、electrotherapy（電療）和 thalassotherapy（海洋療法）等。**hyd**roplane 是「水上飛機」的意思，plane 為「飛機」。

其他延伸單字

英文 whiskey 源自於愛爾蘭語，前方的 whi 就是印歐語的 *wed-(1)*，雖然中間的 s 似乎可以參與轉音，但其實它是多餘的部分，而印歐語的 d 在碰到 s 時脫落了。英文 vodka 源自俄語，可以很明顯發現前方的 vod 就是印歐語的 *wed-(1)*，後方的 *-ka* 為俄語的名詞字尾，有「小的東西」之意，是一種指小字尾，在英文裡 *-ette* 也算是指小字尾，例字如：kitchenette（小廚房）、marionette（牽線木偶）、cassette（卡帶）等。

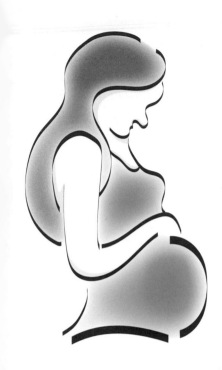

#04.
*bher-(1) "to carry, bear children"
「攜帶；懷胎」

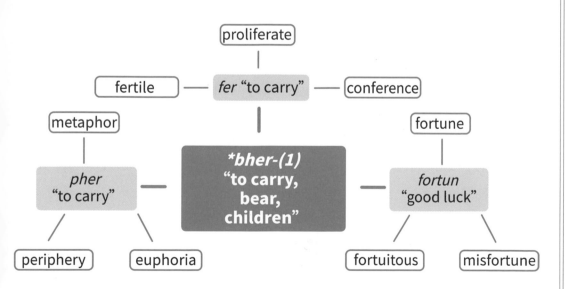

```
                        ┌─────────────┐
                        │ proliferate │
                        └─────────────┘
                              │
   ┌──────────┐      ┌─────────────────┐      ┌────────────┐
   │ fertile  │ ──── │ fer "to carry"  │ ──── │ conference │
   └──────────┘      └─────────────────┘      └────────────┘
                              │
┌──────────┐                                      ┌─────────┐
│ metaphor │                                      │ fortune │
└──────────┘                                      └─────────┘
     │                                                 │
┌──────────┐    ┌──────────────┐    ┌──────────────────┐
│  pher    │    │  *bher-(1)   │    │     fortun       │
│"to carry"│ ── │ "to carry,   │ ── │  "good luck"     │
└──────────┘    │   bear,      │    └──────────────────┘
  /      \      │  children"   │       /          \
┌───────────┐ ┌──────────┐ └──────────┘ ┌────────────┐ ┌─────────────┐
│ periphery │ │ euphoria │             │ fortuitous │ │ misfortune  │
└───────────┘ └──────────┘             └────────────┘ └─────────────┘
```

bher-(1) 衍生出三個單字，分別是拉丁文的 *ferre*、*fortuītus / fortūna* 和希臘文的 *pherein*。以上單字去除字尾後可以分別得到英文字根 *fer*、*fortun* 和 *pher*，這裡可以看到拉丁文的 f 和希臘文 ph 對應，三者都可以和此印歐語轉音。

bher-(1) 是「攜帶；懷胎」的意思，衍生出的意思包括表示「攜帶；懷胎」的字根 *fer* 的、表示「幸運」的 ***fortun*** 和表示「攜帶」的 ***pher***。英文 carry 本身除了有「攜帶」的意思，還有「懷胎」的意思，可以想作是「攜帶著小孩」。字根 *fortun* 後方的 tun 為多餘的部分，可以視作詞幹延長物，無法參與轉音。

還記得我們在講解 *leuk-* 時有說到路西法的由來嗎？路西法的英文是 Luci**fer**，古希臘文字面上意思為「黎明使者」，在拉丁文字面上的意思則是「光之使者」，也就是「帶來光的人」，可以加以記憶代表「攜帶；懷胎」的字根 *fer*。因為拉丁文和希臘文的字母對應，可以用 *fer* 來記憶代表「攜帶」的字根 *pher*。*fortun* 這個字根可以直接和代表「運氣；命運」的單字 fortune 一起記憶。

從古英文演變而來的同源單字有幾個，包含：bear、forbear、barrow、burden、birth、bring、upbringing 等。bear 當動詞就是「懷胎」，可以直接和印歐語轉音；forbear 是「克制」，前方的 *for-* 是代表「離開；相反」的字首；barrow 是「手推車」，也作 wheelbarrow，前方的 bar 源自印歐語 *bher-(1)*；burden 是「負擔」，前方的 bur 也源自印歐語 *bher-(1)*，中間的 *-d-* 為詞幹延長物，後方的 *-en* 為名詞字尾；birth 是「出生」的意思，前方的 bir 源自印歐語 *bher-(1)*，*-th* 為名詞字尾；bring 是「攜帶」，br 源自印歐語 *bher-(1)*；upbringing 為「教養」，片語 bring sb. up 即「養育」之意。

proliferate 的 pro 並非表示「往前」的字首 *pro-*，該單字有兩個字根，*prol* 和 *fer*，*prol* 是來自拉丁文的字根，表示「子孫」。刪除拉丁文 *fortuītus* 的字尾可以的到字根 *fortuit*，但我把這個歸類在 *fortun* 這個字根，並把 *-it* 視為詞幹延長物。從希臘文來的字根 *pher* 還有母音為 o 的變體 *phor*，母音改變意思不變。

拉丁文 *ferre* 刪除字尾後應為字根 *ferr*，但多數字根都是以 *fer* 呈現，去除一個 r 有可能是因為**消除重複子音**（Degemination │ *de-* / *gemin* / *-ate* / *-ion*）的關係，也就是當兩個相同子音出現時，會省略一個子音。

主要單字

▲ *fer* 攜帶；懷胎

fertile [ˋfɝtl] adj. 肥沃的；可生育的 拆解 *fer* / *-t-* / *-ile* 聯想 能懷胎（*fer*）生產的→肥沃的；可生育的	The September sun shone on the **fertile** plain. 九月的太陽照在肥沃的平原上。 People will be less **fertile** as they age. 隨著年齡的增長，人們的生育能力會下降。
proliferate [prəˋlɪfəˌret] vi. 激增 拆解 *prol* / *-i-* / *fer* / *-ate* 聯想 不斷生（*fer*）出子孫（*prol*）→激增	Different kinds of stores **proliferate** on the street. 各種不同的店家在這條街上湧現。
conference [ˋkɑnfərəns] n. 會議 拆解 *con-* / *fer* / *-ence* 聯想 將所有人一起（*con-*）帶（*fer*）來→會議	There will be a **conference on the environment** on the second floor. 二樓將會有環境相關會議。

◢ *fortun* 幸運

fortune [ˋfɔrtʃən] **n.** 命運 拆解 *fortun* / -e 聯想 攸關你是否幸運（***fortun***） 的→命運	He **told my fortune**, but I thought he was lying to me. 他幫我算了命，但我覺得他是騙子。
misfortune [mɪsˋfɔrtʃən] **n.** 不幸 拆解 *mis-* / *fortun* / -e 聯想 不（***mis-***）幸運（***fortun***） →不幸	There is no reason why we should be sympathetic about his **misfortune**. 我們沒有理由要憐憫他的不幸。
fortuitous [fɔrˋtjuətəs] **adj.** 碰巧的 拆解 *fortu* / -it- / -ous 聯想 幸運（***fortun***）遇到→碰巧 的	The absence of the most promising team was a **fortuitous opportunity** for other teams. 最有希望的隊伍未參賽，這使其他隊伍有個意外的好機會。

◢ *pher* 攜帶

euphoria [juˋforɪə] **n.** 狂喜 拆解 *eu-* / *phor* / -ia 聯想 帶（***phor***）來好（***eu-***）的 事情→狂喜	They seemed to **be in a state of euphoria** because they won the prize. 因為他們贏得此次獎項，所以每個人似乎都處於亢奮狀態。
periphery [pəˋrɪfərɪ] **n.** 周圍 拆解 *peri-* / *pher* / -y 聯想 帶（***pher***）到周圍（***peri-***） →周圍	I glued some beads on the **periphery** of the phone. 我在手機周圍黏上幾顆珠子。

metaphor [ˋmɛtəfor]

n. 隱喻；暗喻

拆解 meta- / phor

聯想 帶（phor）到（meta-）
另一個意思→隱喻；暗喻

Poets sometimes present their thoughts **by metaphor**.
詩人有時會利用隱喻來表達他們的想法。

延伸學更多

字根 fer

拉丁文 ferre 是「攜帶；懷胎」，延伸單字 **fer**tilize 是「施肥」，「肥料」為 **fer**tilizer，若形容「貧瘠的」土地或是「無生育能力的」就是in**fer**tile。

circum**fer**ence 是「圓周」，circum- 表「周圍」，此單字發音要特別注意，主重音在第二音節。

con**fer**ence 的動詞為con**fer**，「商討」的意思，因confer還有「授予」的意思，所以名詞con**fer**ment才是「授予」。de**fer** 不要和 dif**fer** 搞混了，defer 是「延期」，主重音在第二音節，de- 表「離開」；differ 是「與……不同」，主重音在第一音節，dif- 也是表「離開」。dif**fer**ent 是「不同的」，但indif**fer**ent 是「冷淡的」，語意稍不同。in**fer** 是「推斷；推論」，名詞為in**fer**ence。of**fer** 是「提供」，名詞為of**fer**ing。pre**fer** 為「偏愛」，名詞為pre**fer**ence，形容詞則是pre**fer**able。re**fer** 是「提及」，名詞為re**fer**ence，而re**fer**ence 另有「參考書目」的意思，後方加上 -ee 變成re**fer**ee，「裁判」的意思，後方加上 -endum 變成re**fer**endum，「公民投票」的意思。suf**fer** 是「受苦」，名詞為suf**fer**ing。trans**fer** 為「轉移；搬運」，trans- 表「越過」。

voci**fer**ous 是「大聲吵雜的」，voc 表「聲音」。地質學專有名詞auri**fer**ous 是「含金的」，aur 表「金」，化學符號的 Au 就是從這個字根來的。somni**fer**ous 是「令人想睡的」，somn 表「睡覺」。

#05.

gen- "to give birth, beget"

「出生；生產；生殖」

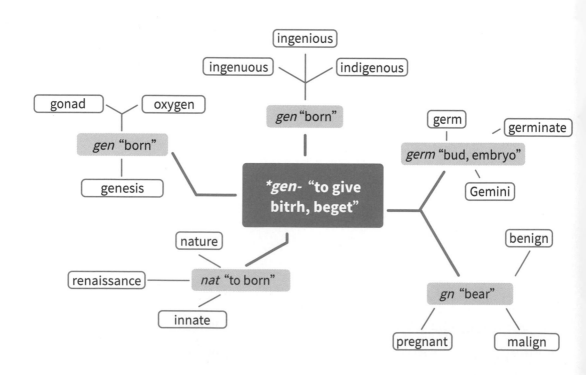

ingenious

ingenuous — indigenous

gen "born"

gonad — oxygen

gen "born"

genesis

germ — germinate

germ "bud, embryo"

Gemini

gen- "to give bitrh, beget"

nature

renaissance — *nat* "to born"

innate

benign

gn "bear"

pregnant — malign

　　gen- 衍生單字相當多,這裡只列出能延伸英文單字的幾個單字,有拉丁文的 *genus*、*germen*、*nāscī*,和希臘文的 *genesis*。以上單字去除字尾可以得到英文字根 *gen*、*germ*、*nat* 和 *gen(es)* 等。字根 *gn* 為字根 *gen* 的零級字根(zero-grade form),也就是無中間母音,其意思和 *gen* 相同。而 gonad 的 *gon* 為 O 級字根(o-grade form)。

　　gen- 是「出生;生產;生殖」的意思,衍生出的意思包括表示「出生」的字根 **gen**、表示「芽;胚胎」的 **germ** 的、表示「懷」的 **gn** 和表示「出生」的 **nat**。*gen* 後方多加了 m 之後 n 就變成了 r,所以 *germ* 的 ger 就是 *gen-*。*nat* 這個字根是來自拉丁文的 *gnāscī* 或 *nāscī*,可以發現 g 脫落了。

　　我們可以用「基因」的英文 **gen**e 來記憶 *gen* 和 *gn* 這兩個字根,同時 gene 也和這些字根同源。因 *germ* 和 *nat* 這兩個字根的變化較大,不妨看上述的變化過程來記憶這兩個字根吧!雙子座 Gemini 的字根為 *gemin*,這個字的字源不詳。

　　從古英文演變而來的同源單字有幾個,包含:kin、kindred、king、kind、akin、kinfolk、kinsman、kingdom、kingfisher、overking、kingly、kingship。以轉音規則來說,可以發現這些單字的 *kin* 就是印歐詞根 ***gen-***,也就是說,這些單字的核心語意都是「出生」。kin 是「家屬;親戚」,和「出生」相關;kindred 是 kin 加上 -*red*(中間的 d 可視為詞幹延長物),意思為「相關的;相似的」。king 為 kin 加上 -*ing*,但也有人說字源不詳。

　　gen- 衍生出非常多拉丁文和希臘文單字,為了方便讀者閱讀,已將含有相同字根的單字合併在一起講,例如:拉丁文的 *genus*、*genius*、*ingenium*、*indigena*、*ingenuus*、*gēns*、*gignere* 提出一個共同的字根 gen。希臘文的 -*genēs*、*gonos*、*genesis* 也合併在一起講,並提出一個共同字根 gen。

ingenious 和 ingenuous 會常常搞混，我們可以這樣記：ingenious 後方
genious 的發音和 genius 類似，可以用「天才（genius）」的意思記憶「巧妙
的（ingenious）」。malign 除了形容詞，也可以當動詞使用，意思為「汙衊；
誹謗」，若在後方加上 -ant 就成了形容疾病的形容詞「惡性的」，惡性腫瘤就
叫做 malignant tumor。另外，*mal* 也是一個非常常見的字根，非常值得記憶。
順帶一提，日文「酸素」和 oxygen 字面上的意思相當接近，都指「產生酸」，
其平假名為さんそ，羅馬拼音為 sanso，和中文的發音相似，重音在第一個平假
名喔～

主要單字

◢ *gen* 出生

ingenious [ɪn`dʒinjəs] adj. 靈巧的；精巧的 拆解 *in- / gen / -i- / -ous* 聯想 與生（*gen*）俱來的→靈巧 的；精巧的	I always come up with any **ingenious idea**. 我總是想得出各種巧妙的主意。
indigenous [ɪn`dɪdʒɪnəs] adj. 當地的；本土的 拆解 *indi- / gen / -ous* 聯想 生（*gen*）在本地的→當 地的；本土的	Students are asked to find out whether this kind of dog is **indigenous** to the area. 學生們被要求要調查出這種狗是否屬於該地本土品種。
ingenuous [ɪn`dʒɛnjuəs] adj. 天真的 拆解 *in- / gen / -u- / -ous* 聯想 生（*gen*）下來就有的特質 →天真的	Behold, her **ingenuous eyes** open softly! 你瞧，她緩緩地睜開那天真無瑕的雙眸！

◢ germ 芽；胚胎

germ [dʒɝm]
n. 細菌；病菌

拆解 N/A

聯想 像芽（**germ**）長出來的→
細菌；病菌

Wash your hands after petting
animals to prevent **germs** from
spreading.
摸小動物後要勤洗手以防止病菌傳播。

---

germinate [`dʒɝmə‚net]
vi. 發芽；萌芽

拆解 germ / -in- / -ate

聯想 發芽（**germ**）→發芽；萌
芽

The temperature should be warm
enough for seeds to **germinate**.
種子要溫度足夠高的時候才會發芽。

Gemini [`dʒɛmə‚naɪ]
n. 雙子座

拆解 gemin / -i

聯想 一對胚胎（**gemin**）→雙子
座

Gemini is about the twins, Castor
and Pollux.
雙子座的「雙子」是指卡斯托和波路克斯。

◢ gn 懷

benign [bɪ`naɪn]
adj. 良性的；慈善的

拆解 beni / gn

聯想 懷（**gn**）有好（**beni**）的
性情→良性的；慈善的

Benign tumors are abnormal but
not cancerous.
良性腫瘤雖然是異常腫瘤，但不會致癌。

---

malign [mə`laɪn]
adj. 有害的

拆解 mali / gn

聯想 懷（**gn**）有壞（**mali**）的
性情→有害的

His parents' decision had a
malign influence on his future
development.
他爸媽的決定對他未來發展造成不良的影響。

pregnant [ˋprɛgnənt]
adj. 懷孕的

拆解 pre- / gn / -ant

聯想 小孩出生（**gn**）前（**pre-**）的狀態→懷孕的

Afraid of postnatal depression, she intends not to **get pregnant** in the future.
她之後不打算懷孕，因為她怕會有產後憂鬱症。

▲ *nat* 出生

nature [ˋnetʃɚ]
n. 大自然

拆解 nat / -ure

聯想 孕育（**nat**）萬物→大自然；本質

My **love of nature** will never change for good.
我對大自然的熱愛永恆不變。

innate [ɪˋnet]
adj. 天生的

拆解 in- / nat / -e

聯想 生（**nat**）下來就有的→天生的

Most professional singers have **an innate sense of rhythm**.
多數職業歌手天生節奏感很好。

renaissance [rəˋnesn̩s]
n. 復興

拆解 re- / nais / -s- / -ance

聯想 重（**re-**）生（**nais**）→復興

Opera has **undergone a renaissance** over the past few years.
歌劇在過去數年再次復興。

◢ gen 生

oxygen [`ɑksədʒən] **n.** 氧；氧氣 拆解 ox / -y- / gen 聯想 舊稱「酸（**ox**）素」→氧； 氧氣	The Japanese kanji of "oxygen" is "酸素." 「氧」的日文漢字寫作「酸素」。
genesis [`dʒɛnəsɪs] **n.** 起源；開始；發生 拆解 gen / -e- / -sis；gene / -sis 聯想 某件事的產生（**gen(e)**）→ 起源；開始；發生	The first and the second books of the Bible are **Genesis** and Exodus respectively. 《聖經》第一、二卷分別為《創世紀》和《出埃及記》。
gonad [`gonæd] **n.** 生殖腺；性腺 拆解 gon / -ad 聯想 生殖（**gon**）所需→生殖腺； 性腺	Low invertebrate groups have **temporary gonads**. 低等無脊椎動物的生殖腺為暫時性器官。

字根 *gen*（拉）

　　拉丁文 *genus* 是「種族；種類」的意思，延伸單字 **gen**der 是「性別」的意思，意即「生下來就決定好的」，在前方加上 *trans-* 就成了表示「跨性別者」的 trans**gen**der，若將 *trans-* 換成 *en-* 就形成表示「引起；導致」的 en**gen**der，不要和 endanger 搞混囉！**gen**eral 是「全體的」，意即「和所有種類都有關的」，後方加上 *-ize* 形成表示「概括；歸納」的 **gen**eralize。**gen**erate 是「產生」，名詞為 **gen**eration，有「一代；產生」之意，「代溝」就是 **gen**eration gap。**gen**eric 是「一般的；普通的；無專利的」。**gen**erous 形容人「慷慨的」，原意為「貴族血統」，名詞為 **gen**erosity。**gen**re 是「體裁」，通常是指藝術類別，如：電影、文學、音樂等類型或體裁。和拉丁文拼寫相同的 **gen**us 是我們常聽到的「界（kingdom）門（phylum）綱（class）目（order）科（family）屬種（species）」的「屬」。**gen**otype 是「基因型」，中間的 *-o-* 為詞幹延長物。misce**gen**ation 是「異族通婚」，前方的 *misc* 為 mix，即「混合」，sc（[sk]）和 x（[ks]）發生音素易位。

　　拉丁文 *genius* 是「個性；性情」，延伸單字 **gen**ial 是形容人「好相處的；友好的」，前方加上 *con-* 成了表示「氣味相投的；宜人的；好交際的」的 con**gen**ial，兩者意思上差異不大，兩者都可以形容人事物，但若要形容某個人的個性和你相似或有相同嗜好，就要使用 congenial，另外 genial 也可以是 genius 的形容詞，如：genial insights 為「超強的洞察力」。**gen**ius 是「天才」，have a genius for sth. 形容對某件事情很拿手或有天分。

　　拉丁文 *ingenium* 是「天生的能力」，延伸單字 en**gin**e 是「引擎」，原指「人的才智、能力」，後多指「機器裝置」，當抽象名詞可以解釋成某件事情的「推動力」。en**gin**eer 是「工程師」，後方加上 *-ing* 形成 en**gin**eering，指「工程學；工程設計」。

拉丁文 *ingenuus* 是「天然的；自然的」，延伸單字 *ingénue* 是尤指電影裡「天真無邪的少女」，借自法文，拼寫和發音不變，發作 [ˋænʒəˏnu]。**gen**uine 是「真正的；非偽造的」，意思和「天然的」有所對應，也可以形容人「真誠的」，另外 genuine article 為非正式用法，指「正品」，此處的 article 為「物件」之意。

拉丁文 *gēns* 是「種族；國家；家庭」，延伸單字 **gen**teel 是「彬彬有禮的；上流社會的」，也可以形容事情或東西「溫和的」，名詞為 **gen**try，在前方加上 the 可以統稱「上流社會人士」。**Gen**tile 是「非猶太人」，原指「非基督徒」，拼寫和發音不要和 gentle 搞混了，**gen**tle 是「溫和的；輕柔的；平緩的」，原指「出生於貴族家庭」，後來語意轉變。**jaun**ty 是「喜氣洋洋的」，拼寫和 *gen* 有些差異，那是因為 jaunty 和 gentle 一樣都是來字古法文的 *gentil*，而 *gentil* 的 g（發音為 [ʒ]）拼寫被英語化，之後才拼做 j。**gen**darme 同樣借字法文，意為「法國憲兵」，發作 [ˋʒɑndɑrm]，此字為 *gens d'armes* 的略縮語（contraction），意即「服兵的人民」，*gens* 為「國家；人民」，*d'* 是 of，*armes* 則是「軍隊」。

拉丁文 *gignere* 是「生殖；生產」，延伸單字 **gen**ital 是「生殖器」，「女性割禮」即 female genital mutilation，簡稱 FGM，mutilate 即「毀損」。**gen**itive 是文法上的「所有格；屬格」，通常會以 genitive case 出現，英文的「's」就有表示所有格的功能。**gen**itor 可以代表父母，常指「父親」，也可以作為抽象名詞使用，即「……之父」，前方加上 *primo-* 形成表示「祖先」的 primo**gen**itor，和其拼寫相似的 primo**gen**iture 意為「長子繼承權」，另外 pro**gen**itor 則為「先驅；創始人」之意，前方是字首 *pro-*。pro**gen**y 形容人、動物或植物的「後代；後裔」，本身即複數形式。**ging**erly 是「小心翼翼地；謹慎地」之意，前方的 ginger 似乎是表示「薑」的單字，但兩者卻完全沒有關係。此字的意思從拉丁文的「出生（在貴族）」轉變成「優雅的；美麗的；精緻的」，之後才有「謹慎地」的意思，此意思轉變很有可能是因為貴族的行為舉止優雅，若要時時保持優雅的狀態，就要隨時謹慎行事。con**gen**ital 是「天生的；先天的」，congenital liar 就可以形容人「天生愛說謊」，congenital disease 則是「先天性疾病」，如貧血（anemia ｜ *an-* / *em* / *-ia*）即是一種先天性疾病。最後，

congenial 和 congenital 不要搞混囉，若不記得，記得回到上方對兩字的解釋再多看一眼吧！

字根 *nat*

　　拉丁文 *gnāscī* / *nāscī* 是「出生」，延伸單字 **naïve** 是「天真的」，即「生下來就有的特質」，從法文借字，所以保留拼寫和發音，其雙式詞（doublet ｜ *dou / bl / -et*）為 **nat**ive，「本地的；土生土長的」之意，兩者都是從拉丁文 *nātīvus* 演變而來。**nas**cent 是「新成立的；新生的」，為正式用字。**nat**al 是「出生的；分娩的」，前方加上 *pre-* 形成表示「出生前的；產前的」的 pre**nat**al，英式用法為 ante**nat**al，*ante-* 同 *pre-*。若加上 *post-* 則形成表示「出生後的；產後的」的 post**nat**al，「產後憂鬱症」即 postnatal depression。**nat**ion 為「國家」，語意演變從「出生」到「一大群人；民族」再到「國家」。cog**nat**e 是「同源的；同源字」，即「相同出生」。neo**nat**e 是「新生兒」，定義上為「不足四周的嬰兒」，*neo-* 為「新」，和 new 同源，可相互轉音記憶。puisne 是「低階的；低等的」，常以 puisne judge 出現，「普通法官」之意，也就是首席法官以外的法官，前方的 puis 從拉丁文 *post*（後）加上 *ea*（那裡）而來，中間的 *n* 為字根，後方的 e 可以當作字尾或是合併於 n 形成字根 *ne*。和 puisne 發音相同的 **pun**y 是「弱小的；很小的」，可形容人或物品。**nad**a 是「沒有；無」，借自西班牙文，從拉丁文 *nūllus rēs nātus* 而來，字面上意思為「什麼東西都沒生出來」。nada 的雙式詞為 **née**，此字用於表示女性的原姓，若某女子原名為 Elizabeth Jolie，婚後為 Elizabeth Mary，可以用 Elizabeth Mary (née Jolie) 來表示此女子的原姓為 Jolie。

字根 *gen*（希）

　　希臘文 -*genēs* 是「產……；生……」，延伸單字 hydro**gen** 為「氫氣」，即「產水的氣體」，前方 *hydr* 換成 *andr* 形成表示「雄性激素」的 andro**gen**，*andr* 表示「男人；男性」，「安卓」的英文 Android 也和 *andr* 有關，「雌激素」則為 estro**gen**，*estr* 為「發情」，延伸單字如 estrus，「發情」之意。nitro**gen** 是「氮氣」，*nitr* 為「碳酸鈉」，俗稱「蘇打」。carcino**gen** 是「致癌物質」，*carcin* 即 cancer，同源且可相互轉音。patho**gen** 是「病原體」，*path* 為「疾病」，常見延伸單字如 pathology，「病理學」之意。colla**gen** 是「膠原蛋白」，*coll(a)* 即「膠質」，「膠原蛋白注射」即 collagen injection。hallucino**gen** 是「幻覺劑」，為 hallucination（幻覺）加上 -*gen* 形成。halo**gen** 是「鹵素」，*hal* 為「鹽」，可和同源 salt 轉音，因鹵素能和多種金屬形成鹽類，因而得名，而所有鹵素的英文都以 -*ine* 結尾，如 fluorine（氟）、chlorine（氯）、bromine（溴）、iodine（碘）、astatine（砈）和 tennessine（【石＋田】[03]）等。另外，上述單字大多都以希臘文字根合成，如 hydr、andr、estr、nitr、carcin、path、coll(a) 和 hal 等，可見希臘文字根通常會合希臘文字根一起出現。

德文

　　英文 **kin**dergarten 源自德文 *Kindergarten*，由德文 *Kinder* 加上 *Garten* 而來，其中 *Kinder* 為 *Kind* 的複數形式，「小孩」之意，而其中的 *Kin* 即字根所在位置；*Garten* 是「花園；公園」，和英文的 *garden* 的拼寫和唸法相似，所以說該德文字面上的意思即「小孩子的花園、公園」。另外，知名巧克力品牌「健達 Kinder」中的 Kinder 也是小孩的意思，不知道大家有沒有發現包裝盒上面有小孩的圖示呢？

---

03 即鿬。

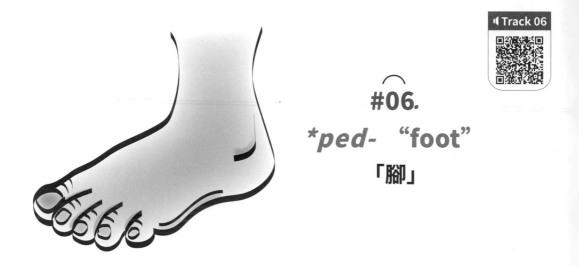

#06.
ped- "foot"
「腳」

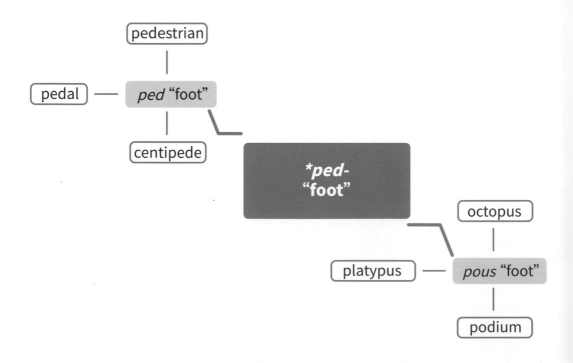

pedestrian

pedal — *ped* "foot"

centipede

ped- "foot"

octopus

platypus — *pous* "foot"

podium

　　ped- 衍生出相當多單字，這裡只列出能延伸英文單字的兩個重要單字，分別為拉丁文 *pēs* 和希臘文 *pous*。以上單字比較無法透過去除字尾來找出字根，須以延伸單字來判斷，字根分別是 **ped** 和 **pus / pod**，這兩個字根都可以和印歐語詞根轉音。

　　ped- 是「腳」的意思，延伸出的字根語意也是「腳」，不過，在一些特殊字根會有其他語意，例如 pessimism 的 *pess* 為同源字根，不過此處為「最差的」之義；impeccable 的 *pecc* 為同源字根，不過語意為「犯罪」。*pess* 原意為「腳」，因腳為身體最低處，所以延伸出「最低、差的」之意；字根 *pecc* 雖字源不詳，不過語言學家 Calvert Watkins 說是和此印歐詞根同源，語意從「腳」衍伸為「跌倒」，最後才有「犯錯；犯罪」之義，語意變化還算合情合理。

　　某美國品牌出產的電動去腳皮機的型號為 **PED**-1200，此處的 PED 很有可能就是表示「腳」的意思，可以用該型號記字根 *ped*，字根 *pod* 和 *ped* 只差一個母音，可以一起記憶；pus 當單字是「膿」之義，可以用「長在腳上的膿」來記憶字根 *pus*。

　　從古英文延伸而來的同源單字有：foot、fetter、fetlock 和 fetch，以上單字都有「f + 母音 + t」的結構，此結構可和該印歐詞根轉音。foot 是「腳」之義；fetter 是「上腳鐐」；fetlock joint 是位於馬足部的「距關節」；fetch 是「拿」，可能是「走去拿來」。

◢ ped 腳

pedal [`pɛdḷ]
n. 踏板

拆解 ped / -al

聯想 腳 (***ped***) 踏的地方→踏板

Traditional sewing machines are operated mainly by **foot pedals**.
傳統的縫紉機主要是以腳踏板操作。

---

pedestrian [pə`dɛstrɪən]
n. 行人

拆解 ped / -estr / -ian

聯想 用腳 (***ped***) 走路的人→行人

A lot of **pedestrians** were trying to shelter from the rain.
許多行人正設法躲雨。

---

centipede [`sɛntə͵pid]
n. 蜈蚣

拆解 cent / -i- / ped / -e

聯想 一百 (***cent***) 隻腳 (***ped***) 的生物→蜈蚣

It is believed that the number of legs **centipedes** have can vary from 30 to 354.
據說蜈蚣的腳有 30 到 354 隻不等。

◢ pod / pus 腳

podium [`podɪəm]
n. 領獎臺；演講臺

拆解 pod / -ium

聯想 腳 (***ped***) 站的地方→領獎臺；演講臺

She stood on the **podium** pretending to be the teacher of the class.
她站在演講臺上假裝是這班的老師。

octopus [`ɑktəpəs]
n. 章魚

拆解 oct / -o- / pus

聯想 八（oct）隻腳（ped）的
生物→章魚

Octopuses have eight tentacles.
章魚有八隻觸角。

platypus [`plætəpəs]
n. 鴨嘴獸

拆解 plat / -y- / pus

聯想 平（plat）腳（ped）動物
→鴨嘴獸

Platypuses in English literally
mean the creature with flat feet.
鴨嘴獸在英文字面上是指「腳平平的生物」。

延伸學更多

字根 ped

　　拉丁文 *pēs* 到了英文常以 *ped* 出現，所以也不用刪除字尾來找出字根，本身即字根。延伸單字 **pawn** 是西洋棋的「兵」，也可以想做是象棋的「卒」，原意為「步兵」。**ped**uncle 是植物學的專有名詞，「總花梗」之意，也就是花的梗。**peon** 是「非技術工人」，原意也是「步兵」。**pion**eer 是「先驅；拓荒者」，原意也是「步兵」，後方 -eer 表人。milli**ped**e 是「馬陸」，*mill* 是「一千」，「千足蟲」之意。sesqui**ped**alian 是「多音節的；（單字）長的」，*sesqui-* 是「多了半節；多一半」。tri**vet** 是「三角矮座；鍋墊」，也就是「墊熱盤的墊子」，tri- 是「三」。ex**ped**ite 是「加快」，*ex-* 是「往外」，ex**ped**ition 則是「遠征；探險」，也有「快速；迅速」之意，語意較正式，ex**ped**itious 則是「快速的；迅速的」。im**ped**e 是「妨礙；阻礙」，*im-* 是「裡面」，字面上是「腳踩進某個地方被困住了」，名詞為 im**ped**iment。

字根 *pod / pus*

　　希臘文 *pous* 和上方的拉丁文很像，不用去除字尾，本身就是字根。延伸單字 **pew** 是「教堂裡的長椅」。anti**pod**e 是地理學和幾何學的專有名詞，「對蹠點」之意，也就是「球體直徑兩端的點」，*anti-* 是「相反」。a**pod**al 是「無足的」，*a-* 是「無」。**pod**iatry 是「足病診療；手足醫術」，結尾是 *iatry* 或 *iatric* 表示有關「醫療；診療」，後方加上 *-ist* 形容人。poly**p** 是「息肉」，*poly-* 表示「多」。

其他

　　pejorative、im**pair**、im**pair**ment 三字都有「腳」的字根，不過這裡是衍生意「更糟的」，所以 pejorative 才是「貶抑的」、impair 是「損害」、impairment 則是名詞。**pess**imism、**pess**imistic、**pess**imist 三字都有「最糟的；最低的」之意，三者都和「悲觀」有關，可以以字尾來判斷其詞性與意思。**pecc**adillo、**pecc**ant、**pecc**avi、im**pecc**able 四字都有「跌倒；犯錯」之意，peccadillo 是「小錯誤」、peccant 是「有罪的；犯罪的」、peccavi 是古字，在古時候是用來表示自己有罪，也就是當你想說「我有罪！」時就可以說「Peccavi!」、impeccable 是「完美的」，前方多了 *im-* 意思就相反了。im**peach** 是「彈劾」，原意是「妨礙；阻止」，*im-* 是「裡面」，字面上的意思和 impede 相似。tra**pez**ium 是「梯形」，*tra* 是「四」。**pil**ot 是「船長」，因船槳似船的腳，所以此字本意為「使用船槳的人」，後來才有「船長」之意。

#07.
*wegh-
"to go, transport in a vehicle"
「走；去；在交通工具上移動」

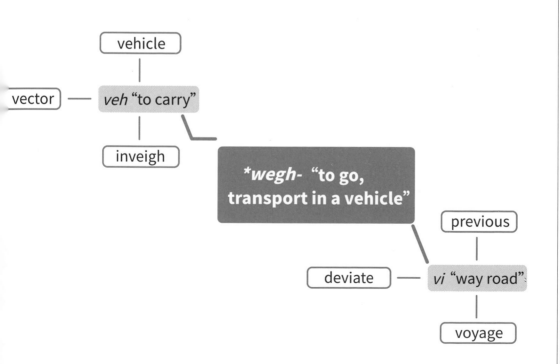

vehicle

vector — *veh* "to carry"

inveigh

***wegh-* "to go, transport in a vehicle"**

previous

deviate — *vi* "way road"

voyage

wegh- 衍生出幾個重要單字，包含拉丁文的 *vehere* 和 *via*。這兩個單字都有變體字根，但發音都相似，去除字尾可以得到字根 *veh* 和 *vi*。

wegh- 是「走；去」的意思，衍生出的意思包括表示「攜帶」的字根 **veh** 和表示「路；道路」的 ***vi***。*veh* 的變體有 *vec* 和 *veigh* 等，*vi* 的變體則有 *vey* 和 *voy* 等。這些字根比較難用其他詞來背，所以建議各位多看囉！另外，*wegh-* 的衍生義也有「移動」的意思。

從古英文演變而來的同源單字有幾個，包含 weigh、wee、weight、way、always、away、wain、wag、earwig。從上述的單字可以得知印歐詞根演變到日耳曼語時，w 沒有變動，而演變到拉丁文則是變成 v。weigh 和重量有關，從「走」演變成「攜帶」再演變成「帶了多少東西」，最後才和「重量」有關。wee 在古英文是重量的單位，後來才有「非常小」的意思。always 就是 all 加上 way。wain 是「馬車」，屬於古字。wag 是「擺動」的意思，有「移動」的含意。earwig 是「蠼螋；耳夾子蟲；剪刀蟲」，前方的 ear 就是「耳朵」。

vector 除了有「向量」，還有「傳病媒介」的意思，因為傳病媒介和向量都有「從一點帶到另一點」的概念。

◢ veh 攜帶

vehicle [`viɪkl]
n. 交通工具

拆解 veh / -i- / -cle

聯想 攜帶（**veh**）人或物品的→
交通工具

We went to the **Department of Motor Vehicles** this morning.
我們今天早上去了監理所一趟。

vector [`vɛktɚ]
n. 向量

拆解 vec / -t- / -or

聯想 有大小和方向，且能夠將一
點攜帶（**vec**）到另一點→
向量

Vector in English literally means "carrier."
英文的「向量」字面上意思是「攜帶者」。

inveigh [ɪn`ve]
vi. 強烈抨擊

拆解 in- / veigh

聯想 帶著（**veigh**）不好的言論
反抗（**in-**）某人→強烈抨擊

People **inveighed against** the statement the school made.
人們強烈抨擊該校的表態。

◢ vi 路；道路

voyage [`vɔɪdʒ]
n. 航海；航行

拆解 voy / -age

聯想 海上的道路（**voy**）→航海；
航行

This is the sailor's first sea **voyage**.
這位水手第一次體驗到出海航行。

deviate [`divɪˌet]

vi. 脫離；偏離

拆解 de- / vi / -ate

聯想 道路（vi）分離（de-）開
來→脫離；偏離

The student's answer to the questions **deviated from** the subject.
這學生的答案偏離了主題。

previous [`priviəs]

adj. 先前的；以前的

拆解 pre- / vi / -ous

聯想 在前面（pre-）的道路（vi）
→先前的；以前的

This company is not demanding because they don't require **previous** experience.
這間公司的新人先前可以不用有相關工作經驗，可以說是要求不高。

延伸學更多

字根 veh

拉丁文 *vehere* 去除字尾後除了有 *veh*，還有 *vec*、*veigh* 等變體。延伸單字 **veh**ement 是「（感情）強烈的；猛烈的」，h 不用發音，雖然結尾是 -ment，但詞性是形容詞。**veh**icle 的形容詞是 **veh**icular，結尾是 -cle 的名詞變成形容詞時通常會是 -cular，例如：circle 與 circular。ad**vec**tion 是力學的專有名詞，意思是「平流」，con**vec**tion 則是「對流」。in**vec**tive 是「辱罵；痛罵」，*in-* 是「對抗；反抗」，因為本身是名詞，可以用 hurl invectives on sb. 來表達動詞的概念。

字根 vi

拉丁文 *via* 去除字尾後字根除了有 *vi*，還有 *voy*、*vey* 等變體。延伸單字 **vi**a 是「透過；經由」，形容詞是 **vi**atical，通常會和 settlement 一起出現，viatical settlement 是投資相關的「保單貼現」。con**vey** 是「傳達；表達」的意思，字面上有「一起上路」的意思，以前有「陪伴；伴隨」之意。和它很像的 con**voy** 是「艦隊；車隊」，字面上就是「護航；護衛」之意，in convoy 就是「結

隊而行」。envoy 是「使者」，en- 是「on」，也就是「on sb's way」的意思。devious 是「會算計的；精心策畫的」，字面上的「偏離道路的」，也就是「不常見的」，devious 也有「間接的」的意思。後方字尾換成 -ant 形成 deviant，「古怪的；怪異的」之意。invoice 是「付款通知；出貨單」，字面上的意思是「寄出去的東西」。obviate 和 obvious 雖然很像，但意思不太一樣，obviate 是「排除；消除」，obvious 則是「明顯的」，兩者的 ob- 都是「在前面；面前」的意思。pervious 是「能透過的；能滲透的」，路上會吸水的路面可以稱做 pervious surface，前方加上 im- 就變成反義詞 impervious。trivia 是「瑣事」，也就是三（tri）或三條以上道路（vi）交會的地方，相當常見，衍生「常見的事情」的意思，形容詞是 trivial。viaduct 是「高架道路」，通常是通過溪流、河川、山谷等高架道路，其用途和高架渠（aqueduct）相似，兩者都是羅馬人建造的，duc 都有「引路；引導」之意。

字根 vex

拉丁文 vexāre 能夠延伸的單字較少，主要是 vex 以及其變體 vexed 和 vexation。vex 是「惹火；惹惱」。雖然 convex 也有 vex，不過它是從拉丁文 convexus 演變而來，「凸的；凸起的」的意思，可以想像兩個點連在一起，形成一個拱形，最後才有「凸」的含意，「凹的」則是 concave，後方的 cave 就是「洞」的意思。

字根 ochl

這個字根是從希臘文的 okhlos 來的，意思是「大眾；暴民」，而 okhlos 是由 *wogh-（即 *wegh-）和字尾 -lo 所組成的，延伸單字 ochlocracy 是「眾愚政治；暴民政治」，也就是由暴民或群眾主導的政治體系。ochlophobia 是「懼群眾症；群眾恐懼症」。

其他

wagon 和 wiggle 是從中世紀荷蘭文演變而來的，wagon 是「馬車」，wiggle 則是「扭動；擺動」的意思。

#08.
reg- "to move in a straight line"
「直線移動」

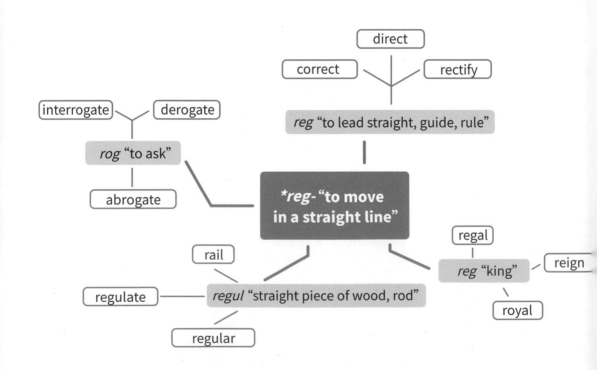

　　reg- 衍生出相當多單字，包含拉丁文的 *regere*、*rēx*、*rēgula* 和 *rogāre*。以上單字都可以去除字尾找出字根，分別是 *reg*、*reg*、*regul* 和 *rog*，不過每個字根也有一些變體，其中 *rēx* 去除字尾時較無規律，可以想像是 *rēx* 只去除 x 的 [s] 音，並將 [k] 濁化（也就是無聲變有聲子音），發成有聲音 [g]。

　　reg- 本身是「直線移動」的意思，衍伸意有「領導；正；統治；王」，還有因為「直線運動」的概念類似「伸出手」，所以還有「要求；詢問」的衍伸意。此印歐詞根衍生出的意思包括表示「領導；統治」的字根 **reg**、表示「國王」的 **reg**、表示「直棍棒；正當的」的 **regul** 和表示「詢問；要求」的 **rog**。*regul* 的 -ul- 可以當作詞幹延長物，無須理會。

　　四個字根主要都是以一個 r 和 g，中間再配上一個母音組合而成，除了 *reg* 和 *rog*，後面會介紹 *rig* 的延伸單字，所以之後看到有艱深單字是和這種組合有關的話，很有可能會有這個印歐詞根的意思喔。

　　從古英文演變而來的同源單字有幾個，包含 right、bishopric、eldritch、rich、rake、reckon 和 reckless。bishopric 是「主教管轄區」，後方的 *ric* 就是此印歐詞根的變形。eldritch 是「怪異的；可怕的」，字源不詳，有可能和此印歐語有關，前方 *el* 是「其他的」。rich 以前有「有勢力的；強大的」，可以和「國王」一起聯想。rake 是「耙子」，有可能是和使用耙子的動作有關，或是和「直棍棒」有關。reckon 是「計算；想」，從「直線」衍生出「快速的」，最後才有「計算」的意思，reckon 現在的意思和「直線」可能沒甚麼關聯，意思的演變可以參考就好。reckless 是「魯莽的；輕率的」，reck 是「照料」。

　　royal 這個字是從古法文 *roial* 借來的，可上溯至拉丁文 *rēgālis*。royal 在古法文有不同的拼寫，其中一個拼寫有保留 g 的音，不過慢慢演化後 g 就消失了，最明顯可以從古法文的 *regiel* 變成 *reial* 或 *real* 找到證明，這裡估計是 g 直接消

失，而不是變成 i，所以 royal 的字根是以 *ro* 標示，*-y-* 則是連接字母，另外 rail 的 g 的消失也可以看做是相同道理。

主要單字

◢ *reg* 領導；統治

correct [kəˋrɛkt] adj. 正確的 拆解 *cor- / rec / -t* 聯想 統治（*rec*）管理，將民眾 　　導向正途→正確的	The student gave a **correct** answer without hesitation. 這學生想都沒想就給出了正確答案。
direct [dəˋrɛkt] adj. 直接的 拆解 *di- / rec / -t* 聯想 引導（*rec*）直接（*di-*）離 　　開的→直接的	The suspect claimed that he didn't have any **direct involvement** in the case. 這名嫌犯聲稱自己與這起案件沒有直接關係。
rectify [ˋrɛktəˌfaɪ] vt. 矯正 拆解 *rec / -t- / -i- / -fy* 聯想 引導（*rec*）某對象，使（*fy*） 　　之放到對的位置→矯正	The president must take action to **rectify** the situation. 總統必須立即採取行動來整頓目前局面。

◀ reg 國王

regal [`rigl̩]
adj. 帝王的

拆解 reg / -al
聯想 有關國王（**reg**）的→帝王的

She looked very **regal** in her grand dress.
她穿那相當氣派的洋裝，整個人都有皇后般的氣勢。

---

reign [ren]
vi. 統治

拆解 reig / -n
聯想 當上國王（**reig**）→統治

In its history, this region has not been **reigned** by any nations or people.
根據這個地區的歷史，到目前為止都沒有被任何一個國家或種族統治過。

---

royal [`rɔɪəl]
adj. 王室的

拆解 ro / -y- / -al
聯想 有關國王（**ro**）的→王室的

This insignificant girl is of **royal ancestry**.
這位看起來微不足道的女孩有著王室背景。

◀ regul 直棍棒；正當的

rail [rel]
n. 鐵軌

拆解 N/A
聯想 直直（**rail**）的道路→鐵軌

I like to travel along the seaside by **rail**.
我喜歡沿著海濱搭著火車旅遊。

---

regular [`rɛgjələ]
adj. 有規則的

拆解 regul / -ar
聯想 事情有跡可循，如直線條（**regul**）發展→有規則的

My goal is to increase the number of **regular customers**.
我的目標是增加常客的數量。

regulate [ˋrɛgjəˌlet]

vt. 管理

拆解 regul / -ate

聯想 讓大家都如直線條（*regul*）行動→管理

A thermostat is used to **regulate** the temperature in the house.
恆溫器可以用來調節室溫。

▲ *rog* 詢問；要求

abrogate [ˋæbrəˌget]

vt. 廢除

拆解 ab- / rog / -ate

聯想 要求（*rog*）離開（*ab*-）→ 廢除

This treaty was **abrogated** by the government.
此條約已正式被政府廢除。

derogate [ˋdɛrəˌget]

vt. 誹謗；貶低

拆解 de- / rog / -ate

聯想 要求（*rog*）離開（*de*-）→ 誹謗；貶低

Never **derogate** a person's achievements.
絕對不要貶低他人的成就。

interrogate [ɪnˋtɛrəˌget]

vt. 審問

拆解 inter- / rog / -ate

聯想 兩人之間（*inter*-）不斷詢問（*rog*）互相→審問

Those who voice objections to the law are imprisoned and **interrogated** .
持反對意見者一律遭受監禁並接受審問。

▌ 字根 *reg*

拉丁文 *regere* 是「領導；統治」，延伸單字 **re**alm 是「領域；王國」，後方的 -m 可以看作名詞字尾。**rec**titude 是「公正；正直；誠實」，-*tude* 是名詞字尾。**rec**to 是「書籍的右頁」，「書籍的左頁」則是 verso。**rec**tor 是一個地區的統治者或領導者，語意幾經轉變，有許多中文翻譯，其中包含「院長」，**rec**tory 則是該人物所住的地方。**rec**tum 是「直腸」，「結腸」是 colon，「腸子」則是 intestine，rectum 的形容詞是 **rec**tal，**rec**tus 則是醫學用語，形容「直的」。**reg**ent 是「攝政王」，**reg**ency 是「攝政時期」。**reg**ime 是「政權；政體」，**reg**imen 是「生活規則」，**reg**iment 則是「（軍隊的）團」，形容詞是 **reg**imental，**reg**imentation 則是「嚴格控管」。**reg**ion 是「區域；地區」，形容詞是 **reg**ional，前方加上 *sub-* 變成 sub**reg**ion，「亞區」之意。add**re**ss 是「地址；住址」，後方的 dress 可以想像是 direct 的變體。address 後方加上 -*ee* 形成 add**re**ssee，「收件人」之意。ad**ro**it 是「機敏的；靈巧的」，後方的 droit 也類似 direct 的組成方式，前方加上 *mal* 變成反義詞的 malad**ro**it。alert 是「機警的；機敏的」，此單字的組成有些複雜：從法文 *alerte* 借字，可以分解成 *à l'erte*，*à l'erte* 又從義大利文 *all'erta* 而來，*erta* 是從拉丁文 *ērigere* 來的，其中的 *rig* 就是字根所在。cor**rig**endum 是「（書籍）須更正的錯誤」，cor**rig**ible 是「可改正的；可更正的；可修正的」，前方加上 *in-* 形成反義詞。de**rec**ho 是「強烈對流風暴」，在西班牙文則是「右邊；右方」的意思，前方的 de 是字首 *dis-*。di**rg**e 是「輓歌」，這個字原本出現在晨禱的最一開始，後來才有歌的概念，最後則變成主要是和死亡相關的歌曲。di**rig**ible（重音在第一音節）是「飛船」，為 dirigible balloon 的簡寫，本身是「能操控的；能控制的」，所以該片語字面上的意思是「能夠控制的氣球」。e**rec**t 是「建造；豎立」，名詞是 e**rec**tion，因本身也有「勃起」的意思，所以 e**rec**tile 是「可勃起的」。**rec**tangle 是「矩形」。**rec**tilinear 是「直線運動的；直式的」，中間的 line 就是「線」。resu**rg**e 是「重新流行；重獲重視」，*re-* 是「重新」，*su-* 則是 *sub-*，形容詞 resu**rg**ent 是「再度爆發的；復興的」，可以用於病情或是

某種體制等。source 是「來源」，前方的 *sou-* 一樣是字首 *sub-*，字面上是「從下往上的動作」，後來才有「起源」之意，概念類似 surge。insurgent 是「叛亂者；造反者」，*in-* 是「反抗」或單純的強調語意，字面上的意思就是「竄出來要反抗的人」。

字根 *reg*

拉丁文 *rēx* 是「國王」，延伸單字 **real** 是巴西的通用貨幣名稱，從西班牙文借字。**reg**nant 是「執政的；主導的」。

字根 *rog*

拉丁文 *rogāre* 是「詢問；要求」，延伸單字 ar**rog**ate 是「擅自拿取」，常和 to 合用，用法為 arrogate to sb./onself sth. 或是 arrogate sth. to sb./onself。pre**rog**ative 是「特權」，royal prerogative 是「君主特權」。pro**rog**ue 是「休會；中止（議會活動）」，為專有名詞，以前則是「延長」之意。sur**rog**ate 是「替代的；代理的」，surrogate mother 即「代理孕母」。supere**rog**ation 是「超義務」，指的是一種非常有德性，但卻非必要或非強制的行為，例如：一個人傾家蕩產救助一個災區，這種行為可以視為一種超義務，形容詞為supere**rog**ative 或是 supere**rog**atory，牛津字典顯示supererogatory 較常用，且也可以當名詞，但較少見。

其他

拉丁文 *ergō* 是「therefore」，延伸單字 **erg**o 也是一樣意思，用法較正式，通常用於標示三段論法（syllogism｜ *syl- / log / -ism*）的結論，e- 就是字首 *ex-*。

希臘文 *oregein* 是「伸出；伸展」，延伸單字 ano**rex**ia 是「厭食症」，「神經性厭食症」則是 anorexia nervosa，*rex* 在這裡有「食慾」的衍伸意，可以想像將手伸出去拿食物吃，*an-* 則是否定字首，*-o-* 可以當作是連接字母，或把 *orex* 當作字根，因為把希臘文 *oregein* 去除字尾後會剩下 *oreg*。anorexia 的形容詞則是 ano**rec**tic。

#09.
sta- "to stand"
「站；站著」

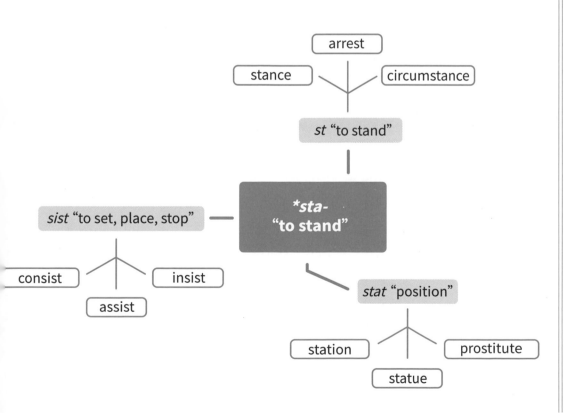

　　sta- 衍生出相當多單字，這裡只列出能延伸較多常見單字的拉丁文單字，其他較不常見的單字將列於後方的延伸學更多。延伸單字包含拉丁文 *stare*、*statim / statiō / status* 和 *sister*。以上單字去除字尾可以得到英文字根 *st*、*stat* 和 *sist*，三者的核心語意都落在 *st*。

　　sta- 是「站；站著」的意思，衍生出的意思包括表示「站；站著」的字根 *st*、表示「地方；地點；站」的 ***stat*** 和表示「放置；停住；站」的 ***sist***。*sist* 前方的 si 為字根重疊作用（reduplication｜*re- / du- / plic / -ate*）而出現的，也就是在字根的前方或後方多出類似原本字根的幾個字母，雖然字根變長了，但核心語意不會變，有時則會有衍生語意。

　　最好記這三個字根的方式就是和英文單字 stand 一起聯想，因為 stand 除了有核心字根 *st*，也和此印歐詞根同源。

　　從古英文演變而來的同源單字有幾個，包含 steed、stud、stool、stand、understand、stall、starling、stalwart、stem、stow、starboard、steer、stern。steed 是「坐騎」，較常在文學作品中出現。stud 是「種畜；（尤指）種馬」，一開始指的是養馬的地方，後來才廣泛指種馬或種畜。stool 是「凳子」，也就是站的地方。understand 原本指「站在中央；站在之中」，後來衍伸「獲得某個資訊」的意思。stall 是「攤位」，也就是餐車或帳棚站的地方。starling 是「椋鳥」，也就是站在樹枝上的鳥。stalwart 是「忠誠的；忠實的」，*wart* 是「好的；有價值的」。stem 是植物的「莖」，也就是站在泥土上的部位。stow 是「儲存；儲藏」，也就是放置東西的地方。starboard 是「右舷」，因船槳會在右側滑動，又把船槳比喻成腳，跟站著有關，因此得名。steer 是「行駛」，如同上述概念，之後衍生成控制交通工具的意思。stern 當名詞是「操舵裝置」，操舵裝置通常位於船尾，因此得名。

◢ *st* 站；站著

stance [stæns]
n. 立場

拆解 *st / -ance*
聯想 站（*st*）在自己的立場

The politician's **stance on** the issue of euthanasia is well known.
這位政客在安樂死議題上的觀點眾人皆知。

---

arrest [əˋrɛst]
vt. 逮捕

拆解 *ar- / re- / st*
聯想 往後（*re-*）站（*st*）→逮捕

He **was arrested** by the police **for** drinking and driving.
他因酒後駕車被警方拘捕。

---

circumstance
[ˋsɚkəmˌstæns]
n. 情況

拆解 *circum- / st / -ance*
聯想 站（*st*）周圍（*circum-*）的→存在在周圍的情況

You should not unfold the blindfold **under any circumstance**.
不管發生什麼事你都不該把眼罩掀下來。

◢ *stat* 地方；地點；站

station [ˋsteʃən]
n. 車站

拆解 *stat / -ion*
聯想 站（*stat*）著→豎立著的建築→車站

We have been looking for the metro **station** for 30 minutes.
我們找捷運站找了半小時了。

statue [ˋstætʃu]
n. 雕像

拆解 stat / -ue

聯想 站（*stat*）著不動的東西→雕像

There is a **statue** of a girl by the cliff, but no one knows the purpose.
在懸崖邊有一個女孩的雕像，但沒人知道其用意為何。

prostitute [ˋprɑstəˏtjut]
n. 娼妓

拆解 pro- / stit / -u- / -t- / -e

聯想 站（*stit*）在前面（*pro-*）的人→娼妓

Prostitutes are controlled by pimps, who often find customers for them.
娼妓通常歸皮條客所管，他們也會幫娼妓們找客戶。

▲ *sist* 放置；停住；站

assist [əˋsɪst]
vt. 幫助

拆解 as- / sist

聯想 站（*sist*）到（*as-*）別人旁→幫助

You just need to **assist the police in their inquiries**.
你只需要配合警方調查。

consist [kənˋsɪst]
vi. 組成

拆解 con- / sist

聯想 一起（*con-*）站著（*sist*）→一起構成→組成

The meal **consists of** only three ingredients.
這頓飯用三個食材就可以做成了。

insist [ɪnˋsɪst]
vi. 堅持

拆解 in- / sist

聯想 站（*sist*）在某件事上（*in-*）不走→堅持

Don't **insist on** your first instinct.
別執著在第一個直覺。

延伸學更多

字根 *st*

　　拉丁文 *stare* 是「站；站著」，延伸單字 **st**age 是「舞台」，也就是人站的地方。**st**anchion 是「（扶手繩的）支柱」。**st**anza 是「（詩的）節；段」，詩的每一小節如同一個一個站著的文字。**st**ative 是「靜態的」，stative verb 是「靜態動詞」。**st**ay 是「留著；待著」，也就是站著不動。con**st**ant 是「經常發生的；連續的」，比喻一直站著的東西，衍生「一直有的」，之後就有「經常發生的；連續的」。contra**st** 是「差異；差別；對比」，*contra-* [04] 是「相反」的意思。co**st** 是「耗費；花費」，在拉丁文已有「花費」之意，*co-* 是「一起」的意思。di**st**ant 是「遙遠的」，*dis-* 是「離開」，「站得很遠」的意思。ex**t**ant 是「現存的；尚存的」，用法較正式。in**st**ant 是「立即的；立刻的」，為時間的抽象概念，想像時間站在離當下不遠處，也就是馬上會發生的意思。ob**st**acle 是「阻礙；障礙」，*ob-* 是「在前面」，也就是站在你前方的障礙。ob**st**etric 是「產科的」，字面上是「站在產婦面前的」，後來有「接生員」的意思，最後才有「產科的」的意思，後方加上 *-s* 形成名詞「產科」。ou**st** 是「趕下台」，前方的 *ou-* 是字首 *ob-*（對抗）來的，*ob-* 在演變過程中 b 脫落，後來 o 雙母音化形成 ou，可以用 out 來聯想記憶。re**st** 當「保持不變；維持現狀」時和此拉丁文同源，*re-* 是「往後」，也就是往後站，不願往前的意思，形容詞re**st**ive 是「難駕馭的；不受管束的」，也就是一直站著不動不好控制。sub**st**ance 是「物質」，*sub-* 是「下方」，「站在下方」衍生出「最基本的；要素；本質」的意思，後來才有「物質」之意。

---

04 *contra-* 在本書被歸類為字首，為眾多讀者常見的形式，不過在 contrary（相反）這個字裡，*contra-* 不能解釋成字首，如果將 *contra-* 解釋成字首，*-ry* 為字尾，contrary 這個字就沒有字根了。考量到每個字一定至少都會有一個字根，所以 contrary 應拆解成 *contr / -ary*，其中 *contr* 表示「面對；相對；相反」的字根，*-ary* 為名詞、形容詞字尾。同理，country（國家）這個字應該解成 *countr / -y*，*countr* 同為 *contr*，為「面對」的字根，*-y* 為名詞字尾。

字根 *stat*

　　拉丁文 *status* 是「地方；地點；站」，延伸單字 **estate** 是「財產；狀態」，原指「站著的地方」，後來就有「地位；狀態」的意思。**state** 是「狀態」，概念和 estate 很像。**stat**istics 是「統計數字；統計學」，原指「一個國家人民的狀態和組織」，後來產生數字的用法及概念。**stat**ure 是「聲望；聲譽」，原指「站得多高」。**stat**us 是「身分；地位」，也就是一個人站的地方。**stat**ute「法規」，字面上是「站立」，衍生為「建立；制定」，後來就有「法規」的意思。constitute 是「組成；構成」，組成概念類似 consist。de**stitut**e 是「一無所有的」，*de-* 是「離開」，原本站在家裡卻被趕走，無家可歸，最後變成一無所有。in**stitut**e 是「建立；制定」，字面上是「站立」，衍生為「建立；制定」。sub**stitut**e 是「替代」，*sub-* 是「下面」，字面上是「放在下面；站在下面」，也就是當上面那個離開後補上的概念。super**stit**ion 是「迷信」，*super-* 是「上面」，也就是站在上方，把原意覆蓋住，只剩下錯誤的信念。

字根 *sist*

　　拉丁文 *sister* 是「放置；停住；站」，de**sist** 是「中止；停止」，*de-* 是「離開」，字面上是「離開」，就是當你在做一件事，但你不做離開了。e**xist** 是「存在」，*ex-* 是「往外」，「往外站」衍生出「有這個東西」的意思。inter**stice** 是「裂縫；間隙」，也就是存在在中間（*inter-*）的東西。per**sist** 是「堅持不懈」的意思，*per-* 是「徹底地」，也就是從頭到尾都一直站著的。re**sist** 是「抗拒」，*re-* 是「往後」。sub**sist** 是「維持生計」，後方加 on 表示以什麼維持生計。

其他

　　拉丁文字尾 *-stitium* 是「暫停；停工」，延伸單字 armi**stice** 是「休戰；停戰」，arm 這裡的意思是「武器」，武器立著不動，兩軍休兵停戰。sol**stice** 是「（夏、冬）至」，*sol* 是「太陽」，因為在這時太陽會站著一動也不動一樣。

拉丁文 *stabulum* 是「站著的地方」，延伸單字 **stable** 是「馬廄」，con**stable** 則是「員警」。

拉丁文 *stabilis* 是「站穩」，延伸單字 e**stabl**ish 是「建造」，**stable** 則是「穩定的」。

拉丁文 *īnstaurāre* 是「修復；建立」，延伸單字 **stor**e 是「存放」，前方原本有字首 *in-*，後來在演變過程中變成 *e-*，最後則消失了。拉丁文 *restaurāre* 是「修復；重建」，延伸單字 re**stor**e 是「修復」的意思。

static 是「靜止的；靜電」，也可以是靜態桌布的「靜態的」，由希臘文 *statos* 演變而來。sy**st**em 是「系統」，*sy-* 就是 *syn-*，「站在一起」衍生出「組織」的概念，由希臘文 *histanai* 演變而來。

◀ Track 10

#10.
dhe- "to set, put"
「設置;放」

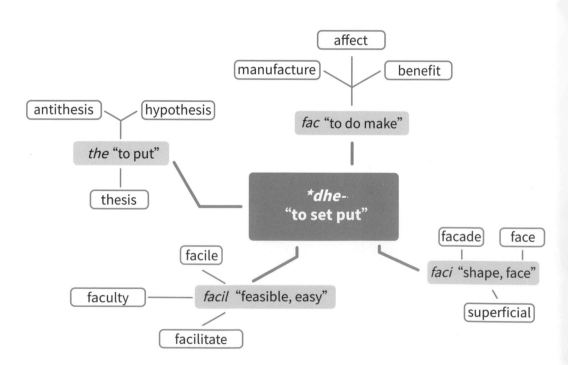

　　dhe- 衍生出四個主要單字，包含拉丁文 *facere*、*faciēs* 和 *facilis* 和希臘文 *tithenai*。拉丁文去除字尾後可以直接找到字根所在位置，不過希臘文的 *tithenai* 沒有直接對應，通常這個希臘文延伸出的單字都有 *the* 這個核心部分，例如：thesis，因為 *-sis* 在希臘文算是一個字尾，所以直接以 *the* 當字根。

　　dhe- 是「設置；放」的意思，衍生出的意思包含表示「做；製作」的字根 **fac**、表示「形狀；臉」的 **faci**、表示「可行的；簡單的」的 **facil** 和表示「放置」的 **the**。因為拉丁文 *faciēs* 去除字尾後是 *faci*，不過 *fac* 會比較直覺一點，因為除了 facial 和 superficial，在其延伸單字大多數都沒有 i。然而，為了不讓讀者混淆，所以還是以 i 來做區分。

　　從拉丁文來的三個字根都有核心的 *fac*，剩下的部分可以當作是多餘的，不太會影響語意。建議直接以 factory 當簡單字來聯想記憶，因為工廠的人都在做事，所以 *fac* 是「做」的意思。

　　從古英文演變而來的同源單字有幾個，包含 do、doom、deem。doom 是「厄運；死亡」，這個字以前和法律有關，不過後來指「影響命運的決定；不可改變的命運」，最後才產生「毀滅」的意思。deem 是「認為；視為」，這個字多少也和 doom 有關，因為當你認為某個東西是怎樣的時候，你已經「做」好決定了，而決定又和「命運」相關，因為命運是命定，難以改變的。

　　看到這，不知道讀者你是否覺得很奇怪，印歐語 *dhe-* 和字根 *fac* 同源，同源代表可以轉音，不過怎麼看都不覺得這兩個詞可以轉音對吧！從 *dhe-* 到 *fac* 的語音轉變稍微複雜，在解釋之前，讀者要先知道**送氣音**（aspirate｜*a-* / *spir* / *-ate*）是甚麼。送氣音顧名思義就是會送出氣的音，例如 pen 的 p 就是一個無聲送氣音，代表發 p 時喉嚨不會震動，但會明顯有氣從口腔跑出來。不過，sport 的 p 就是一個無聲非送氣音，代表發 p 時喉嚨一樣不會震動，但卻沒有氣從口腔

跑出來了，你可以試試看，感受一下兩者差異。另外，PIE 字母如果右上角有小小的「ʰ」，代表該字母是送氣音（正常大小的 h 也是代表送氣音）。

所以說，*dhe-* 和 *fac* 為何同源，如何轉音？

故事是這樣的：PIE 只有一個（摩）擦音（fricative │ *fric* / *-at-* / *-ive*），也就是 s。拉丁文將 PIE 的有聲送氣塞音進行**語音重組**（rephonologization │ *re-* / *phon* / *-o-* / *log* / *-ize* / *-ation*），把這些音重組成其他無聲摩擦音，如 f 和 h。當 PIE 的有聲送氣塞音（voiced aspirated stops）（如 *bʰ、*dʰ、*gʰ）在詞素或單字的最前方時，會被看做是無聲送氣塞音（voiceless aspirated stops）（如 *pʰ、*tʰ、*kʰ），就因為這樣，*dʰ到了原始拉丁文（Proto-Latin）變成了 tʰ或 θ（θ 發作 [θ]），而到了拉丁文就變成了 f。

讀者可能還是覺得奇怪，因為 θ 和 f 的發音部位也不相似，為甚麼會這樣轉變？據我猜測，是因為這兩個音都是摩擦音，又因為聽起來很像的關係，所以才會這樣轉變，有什麼常見的例子嗎？

英文的倫敦口音（Cockney Accent）會偏向把 th（[θ]）的音發作 f（[f]）。例如：three 會念成'*free*'，所以 three 和 free 兩字就成了同音異義字（homophone）。th 發作 f 的音，這個現象稱作 th 前置化（th-fronting）。小補充，英文俚語 bruv 來自於 bruva，bruva 來自 brother，因 brother 中間是有聲 th（[ð]），所以在倫敦口音會發作 v（[v]），這個現象也是 th 前置化。

另外，在台灣，學生如果不擅長發「th」這個音（[θ]）時，他們會傾向使用「f」（[f]）來替代，因為他們會覺得這兩個音很像，而「f」相對來說比較好發音。所以當他們在說 thank you 的時候，聽起來就會很像 fank you。讀者可以記下這個情境，來大概了解 *dhe-* 轉換成 *fac* 背後的邏輯！

▲ *fac* 做；製作

manufacture
[ˌmænjəˈfæktʃɚ]
vt. 製造；生產

拆解 man / -u- / fac / -t- / -ure

聯想 用手（**man**）做（**fac**）事
→製造

I am considering being an intern in a factory **manufacturing** car parts.
我在想要不要去那間生產汽車零件的工廠當實習生。

---

affect [əˈfɛkt]
vt. 影響

拆解 af- / fec / -t

聯想 把力量作用（**fac**）在別人身上→影響

Teachers' outfit may **affect** students' performance in class.
老師的穿著可能會影響學生的課堂表現。

---

benefit [ˈbɛnəfɪt]
n. 利益

拆解 bene / fi / -t

聯想 做（**fi**）好（**bene**）事→利益

This student thought that he **didn't derive much benefit from school**.
這位學生覺得在學校都沒學到甚麼東西。

▲ *faci* 形狀；臉

facade [fəˈsɑd]
n. 建築物的正面

拆解 fac / -ade

聯想 建築物的臉（**fac**）→建築物的正面

This museum has a beautifully embellished east **facade**.
這棟博物館的東邊立面裝飾得很漂亮。

face [fes]
n. 臉

拆解 fac / -e

聯想 N/A

I don't know why she **keeps a straight face** while watching the video.
我不知道為甚麼她看那部影片時要忍住不笑。

superficial [ˌsupɚˈfɪʃəl]
adj. 膚淺的

拆解 super- / fici / -al

聯想 超出（*super-*）臉（*fici*）的→超出表面的→膚淺的

This article is just at a very **superficial** level.
這篇文章寫的東西都相當表面。

◢ *facil* 可行的；簡單的

facile [ˈfæsl]
adj. 簡單的

拆解 facil / -e

聯想 N/A

This team won a **facile** victory.
這隊輕易拿下此次勝利。

facilitate [fəˈsɪləˌtet]
vt. 促進

拆解 facil / -i- / -t- / -ate

聯想 讓事情更容易（*facil*）進行→促進

Those people are discussing how to **facilitate** the workflow.
那群人在討論要如何加快工作流程。

faculty [ˈfækl̩tɪ]
n. 能力

拆解 facul / -ty

聯想 做什麼事情都簡單（*facul*）的特質→能力

Colleges provide courses that sharpen students' **critical faculty**.
大學提供能夠增強學生分析判斷能力的課程。

▲ *the* 放置

thesis [ˋθisɪs] **n.** 論文 拆解 *the* / *-sis* 聯想 將所有點子放進（*the*）文章裡→論文	I am struggling with my **doctoral thesis.** 博士論文讓我很苦惱。
antithesis [ænˋtɪθəsɪs] **n.** 相反 拆解 *anti-* / *the* / *-sis* 聯想 放（*the*）在相反（*anti-*）的地方→相反	The situation became the **antithesis** of what I had thought of. 情況跟我想的完全相反。
hypothesis [haɪˋpɑθəsɪs] **n.** 假說 拆解 *hypo-* / *the* / *-sis* 聯想 放（*the*）在理論下面（*hypo-*）的→理論的基礎→假說	Scholars have been suggesting several **hypotheses** for global warming. 學者們不斷提出有關全球暖化的假說。

延伸學更多

字根 *fac*

　　拉丁文 *facere* 是「做；製作」的意思，延伸單字 **fac**t 是「事實」，也就是做了一件事或動作，形成一個事實。de **fac**to 是「事實上的；實際上的」，可以當形容詞或副詞，*de* 為拉丁文的副詞，可以把 de facto 想作是 in fact 的概念，所以說，像是 In fact, he is her husband. 這種句子可以寫作 He is her de facto husband.。**fac**tual 是「事實的；真實的」，為 fact 的形容詞。**fac**tion 是「派

別」，原指古羅馬馬車競賽的其中一隊，後來才有「隊伍；派別」的概念，形容詞為 **fac**tious，和它長很像的 **fac**titious 則是「虛假的；人為的」的意思，中文的「為」就有「造成；做」的意思。**fac**tor 是「要素；因素」，也就是能夠影響某結果的事物，從 affect 這個字可以得知 *fac (fec)* 也有影響的意思。**fac**tory 是「工廠」，原指辦公室，兩者都是在做事的地方。**fac**torial 是「（數學的）階層」，也就是數字間互乘，相互作用的概念。**fas**hion 是「時尚」，原指在臉上的妝容、容貌，後來指妝容和容貌的風格，最後才有「時尚」的概念。**fe**asible 是「可行的」，也就是「能夠做到的」的意思，名詞為 **fe**asibility。**fe**at 是「一個人做的事情」，有不同翻譯，包含「業績；成績」等。**fe**ature 是「特色」，原指「型態；風格」，後來語意轉變。aff**air** 是「事情」，也就是正在處理（做）的事情。aff**ec**tion 是「喜愛」，形容詞 aff**ec**tionate 是「有愛的；表示愛的」，不過 aff**ec**tation 則是「做作；假裝」，可以和 aff**ec**ted，「做作的」，一起記憶，前方加上 *dis-* 則變成 disaff**ec**ted，「失望的；叛逆的」之意。artif**act** 是「人工製品；手工藝品」，art 即表示「藝術」。artif**ice** 是「陰謀；詭計；欺騙」，雖然前面也有 art，但這裡的 art 偏向指「技巧」（如 the art of conversation 說話技巧），所以字面上意思是「有技巧地做某件事」，後來才有「欺騙；詭計」之意。beat**ific** 是「極樂的」，*beat* 是「快樂」，重音在 ti 音節，前方的 bea 並不是直接念作 [bi]，而是 [biə]。benef**ic**ent 是「行善的；慈善的」，benef**ic**ence 為其名詞。conf**ec**tion 是「甜食；糕點」，*con-* 是「一起」，conf**ec**tti 則是「五彩碎紙」。counterf**eit** 是「偽造的；仿冒的」，*counter-* 是「以甚麼為對照」，所以才有「仿冒」的含意。def**eat** 是「擊敗」，*de-* 是 *dis-*，為否定字首，def**ect** 則是「缺點」，相關單字包含 def**ic**ient，「缺乏的；缺少的」。discom**fit** 是「使某人感到不安」，*dis-* 一樣是否定字首。edif**ice** 是「大廈」，原指「有壁爐的房子」，因為前方的 *ed* 是「燒」。eff**ect** 是「效果；影響」，*ef-* 是「離開；往外」，eff**ic**acious 則是「奏效的」，eff**ic**ient 則是「效率高的」。

　　facsimile 是「複製本」，*simil* 是「相同的」，也就是做相同的事。**fec**kless 是「無精打采的；沒力氣的」，也就是沒有做事的力氣。for**feit** 是「喪失」，*for-* 表「越過」，字面上是「做事太超過，使你失去某個東西」，結尾

是 feit 的單字，ei 發音為 [ɪ]，非 [i]。infect 是「傳染」，*in-* 是「裡面」，也就是病毒在體內作用的意思，名詞是 infection。male**fac**tor 是「壞人；罪犯」，male 是「壞」。mal**fe**asance 是「不法行為；瀆職」，*mal* 和 *male* 一樣。ori**fi**ce 是「（身體上的）孔；穴」，*or* 是「嘴巴」，也就是在身體上類似嘴巴（像孔一樣）的部位。per**fec**t 是「完美的」，*per-* 是「透徹的」，也就是透徹地做某件事，直到完美，pre**fec**t 當名詞使用時，意思相當多，在不同領域有不同意思，有「地方行政長官；局長；學長」等意思，後方加上 team 形成 prefect team 還有「糾察隊」的意思。plu per**fec**t 是「過去完成式」，*plu* 是「更多；加上」的意思，這個字不會使用在英文這個語言，因為英文的過去完成式是 past perfect tense，pluperfect 則多用在其他印歐語言，如西班牙文等。re**fec**tory 是「食堂」，*re-* 是「再次」，讓人再次恢復精神（refresh｜ *re-* / fresh）的地方。sacri**fi**ce 是「犧牲」，*sacr* 即 sacred，「神聖的」。suf**fi**ce 當動詞用，「足夠；滿足」的意思，形容詞 suf**fi**cient 是「充足的；足夠的」。sur**fei**t 當名詞用，「過剩」的意思，用法較正式。另外，結尾是 fy 的單字也是從這個拉丁文來的，不過因為該結尾的單字實在太多了，所以就不一一列出來，而且通常這種字前方還有另一個字根，核心語意也主要在前面的字根，例如 revivi**fy** 是「使人恢復活力」，*viv* 是「生命」。另外補充，這些 fy 結尾的單字，基本上都是動詞，而 fy 其實還可以再拆解成 *fac* / *-y*，*-y* 是動詞字尾，*fac* 後方加上 *-y* 後就刪除了 ac，所以才會變 fy，也可以將其視為一個動詞字尾 *-fy*。

▌字根 *faci*

拉丁文 *faciēs* 是「形狀；臉」，延伸單字 **fac**et 是「（問題的）方面」。**fac**ies 是「面部」，為醫學用語。de**fac**e 是「損壞外觀」，*de-* 可以直接看做是負面意思的字首。ef**fac**e 是「抹除；抹去」，*ef-* 是「離開」，efface yourself 是「保持低調；不露鋒芒」，self-effacing 是「謙遜的；不出風頭的」。sur**fac**e 是「表面；表層」，*sur-* 是「上層的」。

字根 *facil*

拉丁文 *facilis* 是「可行的；簡單的」，延伸單字 **difficul**t 是「困難的」，*dif-* 即 *dis-*。

字根 *the*

希臘文 *tithenai* 是「放置」，延伸單字 ana**the**ma 是「令人討厭的事物」，*ana-* 是「上面」，字面上是「放在上面的」，後來指放在祭壇上要拿去獻祭的東西，而通常這個東西都讓人討厭，所以最後才有現在這個意思。epen**the**sis 是「插音」，可以拆解成 *epi-*（在）/ *en-*（裡面）/ *the*（放）/ *-sis*（名詞字尾），字面上是「放在裡面」的意思，舉例來說，當 circle 加上形容詞字尾 *-ar* 後會在 c 和 l 之間多加一個 u 的音，所以形成 circular，這個 u 就是一種插音，另外，assumption 中間加的 p 也是一種插音（原為 assume + -tion）。epi**the**t 在生態學是「小名」的意思，一般使用是一種「表述形容詞」，就是形容人的一個稱號，有褒有貶。meta**the**sis 是「音素易位」，*meta-* 是「改變」，字面上就是「改變字母或音放的位置」。paren**the**sis 是「插入語」，也就是放在兩個破折號之中的字，複數的parentheses 是「圓括號」。pros**the**sis 是「補缺術；人工彌補術」，pros**the**tics 則是「義肢」，*pros-* 等同於 *pro-*。syn**the**sis 是「合成」，*syn-* 是「一起」，也就是「把東西放在一起」。

其他

拉丁文 *condere* 是「放在一起；建造；建立；保存」，延伸單字 abscon**d** 是「潛逃；逃跑」，可以拆解成 *abs-* / *con-* / *d*，字面上是「放在一起並離開其他人視線」，後來就有「潛逃」的意思，也常指「攜款潛逃」。recon**d**ite 是「深奧的；晦澀的」，*re-* 可以解釋成「往後」或是「再次」，「往後」會比較好解釋，這樣字面上的意思就變成「放在很後面的東西，沒人看見，沒人知道」，或是像我這樣記：「因為 recondite 這個字太不常見了，所以算是比較深奧的字，所以是『深奧的』的意思」。sconce 是「壁式燈座；壁燈」，原意是「躲藏的地方」，結構與 abscond 一樣，只是少了前面的 *ab-*，所以可以拆解成 *(ab)s-* / *con-* / *(d)*

/ -c- / -e，字根 d 在拉丁文變體中就已消失。

拉丁文 *condīre* 是「調味」，延伸單字 con**d**iment 是「調味品」。

拉丁文 *officium* 是「服務；責任；工作」，前方的 *of* 是「工作」的意思，並不是 *ob-* 這個字首的同化型態，延伸單字 of**fic**e 是「辦公室」。of**fic**iate 是動詞「主持」，用法較正式。of**fic**ious 是「很愛到處教別人做事的」。ex of**fic**io 是「出於職務的」，用法較正式，例句如：Managers will attend the meeting ex officio.。of**fic**iant 是「（在婚禮或葬禮的）主持人」，of**fic**er 則是「官員」。interof**fic**e 是「局跟局之間的；部門間的」，interoffice trunk 則是「局間中繼線」，依國家教育研究院的定義為「電信交換系統中，交換局與交換局間傳輸能量大的電信管線」。box of**fic**e 是「票房；售票處」，box 原指「放錢的箱子」。

拉丁文 *-fāriam* 是副詞字尾，延伸單字 multi**fari**ous 是「各式各樣的」，omni**fari**ous 則是「所有樣式的」。

希臘文 *thēkē* 是「容器」的意思，延伸單字 apo**thec**ary 是古時候的「藥劑師」，因為藥物是由容器裝著的，所以用容器來代指藥物。bo**deg**a 是「賣酒的地方」，前方的 *bo-* 是 apo- 少了 a，p 變成了 b，在這個字中，這個容器代替的則是酒。bou**tiq**ue 是「精品店」，結構也和 apothecary 與 bodega 一樣，容器是存放東西的地方，boutique 字面上的意思會接近於「存放」，也就是存放著很多小東西的地方。這個希臘文還可以延伸出其他有關真菌學（mycology｜*myc / -o- / log / -y*）的專有名詞，例如：apo**thec**ium（子囊盤）、peri**thec**ium（酒囊形子囊果）、cleisto**thec**ium（閉被子囊果）、gymno**thec**ium（裸被子囊果）和 pseudo**thec**ium（假包被子囊果），因為這些字過於專業，所以這裡就不多加解釋。

希臘文 *thema* 是「放好好的東西」，延伸單字 **them**e 是「主題」，也就是放好、定下來的東西，形容詞為 **them**atic。

#11.
*leg-
"to collect, speak"
「收集；說話」

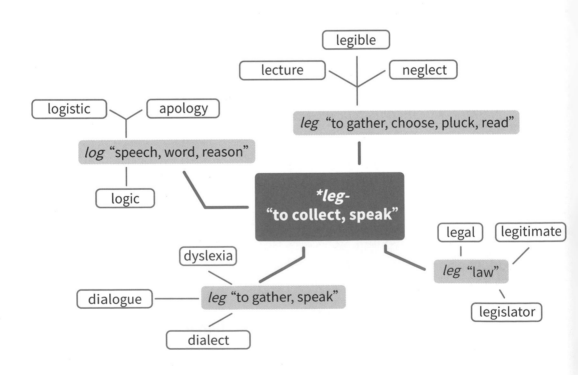

　　leg- 衍生出相當多單字，這裡只列出四個，包含拉丁文 *legere* 和 *lēx* 與希臘文 *legein* 和 *logos*。以上單字去除字尾後可以得到英文字根 leg、leg、leg 和 log。你沒看錯，這裡有三個長一樣的字根，但意思有些不同，而這些字根都有一個特點，那就是沒有多餘的部分存在。

　　leg- 是「收集；說話」的意思，其實「說話」是衍生意，因為收集東西時你會先挑過，而把這個概念放在說話時也是一樣的，說話前你也會先挑選你要說什麼話，所以才根說話有關，另外，其實也可以這樣想：一群朋友「聚在一起」「講話」聊天。衍生出的意思包括表示「收集；選擇；挑出來；閱讀」的字根 **leg**、表示「法律」的 **leg**、表示「收集；說話」的 **leg** 和表示「話語；文字」的 **log**。我們可以用簡單字如 collect、legal 或是 logic、apology 來記憶這些字根的意思。

　　從古英文來的單字不多，包含 leech 和 leechcraft。leech 指的是「醫生；醫師」，為古字，現已不常用，leechcraft 則是指「治療術；治療法」。

◢ *leg* 收集；選擇；挑出來；閱讀

lecture [ˋlɛktʃɚ] n. 講座；課 拆解 *lec / -t- / -ure* 聯想 學生在閱讀（*lec*）的地方→ 　　講座；課	Who will be giving the **lecture on** philosophy this afternoon? 今天下午是誰要來講這場有關哲學的講座？
legible [ˋlɛdʒəbl̩] adj. 易讀的 拆解 *leg / -ible* 聯想 可以（*-ible*）輕易閱讀 　　（*leg*）的→易讀的	Your handwriting is **barely legible**, and you should practice more. 你的字跡根本沒辦法看懂，要多練習。
neglect [nɪgˋlɛkt] vt. 忽視 拆解 *ne / -g- / lec / -t* 聯想 不（*ne*）選擇（*lec*）某物 　　→忽視	He often **neglected** the dog he adopted. 他常對自己領養來的狗漠不關心。

◢ *leg* 法律

legitimate [lɪˋdʒɪtəmət] adj. 合法的 拆解 *leg / -itim- / -ate* 聯想 符合法律（*leg*）的→合法 　　的	People longed for a **legitimate government**. 人們渴望有個合法的政府。

legal [`lig!]

adj. 法律的

拆解 leg / -al

聯想 有關法律（leg）的→法律的

Here is my **legal representative**.
我的律師來了。

---

legislator [`lɛdʒɪsˌletə]

n. 立法委員

拆解 leg / -is- / lat / -or

聯想 攜帶（lat）法律（leg）的人→立法委員

She was a **legislator**. Now she is a prime minister.
她之前是**立法委員**，但她現在是首相。

▲ *leg* 收集；說話

dialect [`daɪəlɛkt]

n. 方言

拆解 dia- / lec / -t

聯想 在各地（dia-）都在說（lec）的→方言

This recording was done by a speaker from **northern dialect**.
錄這個音檔的人有北方口音。

---

dialogue [`daɪəˌlɔg]

n. 對話

拆解 dia- / log / -ue

聯想 兩人間（dia-）在說話（log）→對話

There was a tedious **dialogue** between two people in this play.
在這部劇裡，這兩個人的對話相當冗長。

---

dyslexia [dɪs`lɛksɪə]

n. 失讀症

拆解 dys- / lex / -ia

聯想 說話（lex）有困難（dys-）→失讀症

Students with **dyslexia** are permitted to use an electronic dictionary.
有**失讀症**的學生可以使用電子字典。

◢ *log* 話語；文字

logic [ˋlɑdʒɪk] **n.** 邏輯 拆解 *log* / *-ic* 聯想 與判斷和話語（*log*）相關 　　的→邏輯	There is no **logic** behind your argument. 你的論點背後完全沒有邏輯可言。
logistic [ləˋdʒɪstɪk] **adj.** 邏輯的 拆解 *log* / *-ist-* / *-ic* 聯想 與判斷和話語（*log*）相關 　　的→邏輯的	There are too many **logistic problems** to solve in one single test. 在這單單一份試卷裡有太多有關邏輯的問題了。
apology [əˋpɑlədʒɪ] **n.** 道歉 拆解 *apo-* / *log* / *-y* 聯想 把話說（*log*）開（*apo-*） 　　→道歉	This notorious celebrity only made a **written apology.** 這位名人名聲不太好，而且還只做書面道歉。

延伸學更多

▌字根 *leg*

　　拉丁文 *legere* 是「收集；選擇；挑出來；閱讀」，延伸單字 **lec**tern 是「（上方斜斜的）講桌」。**leg**ume 是「莢豆」，因果實都集中在一起。re**lig**ion 是「宗教」，*re-* 是「重複」的意思，形容詞則是 re**lig**ious。**leg**end 是「傳說」，也就是從以前大家就在相傳的故事，形容詞為 **leg**endary。**leg**ion 是「軍團；一大群人」，也就是聚在一起的人，**leg**ionnaire 則是軍團裡的一名團員。**les**son 是「課程」，原本的拉丁文是 *lectionem*，拉丁文的 cti 借進法文會發作 [s] 的

音，到了英文變成字母 s 或 ss。coil 是「纏在一起」，co- 是 com-，後方的 l 少掉了後面的部分，所以這個字的字根在 l，uncoil 則是反義詞。collect 是「收集」，col- 即 com-，名詞為 collection，收藏家即 collector，recollect 則是「回憶；回想起」，名詞是 recollection。diligent 是「勤勉的」，di- 是 dis-，「分開」，也就是一直在挑選東西，後來指「小心的」，最後才有「努力」的概念，名詞為 diligence。predilection 是「偏愛；偏好」，pre- 是「前面」，也就是挑出來放在前面，因為你比較喜歡某個東西。elect 是「選舉」，e- 是「往外；出來」，也就是將下一任政治人物選出來的概念，名詞為 election。florilegium 是「（有關花的）選集」，flor 是「花朵」。intelligent 是「有才智的」，intel- 是「在什麼之中」，也就是在一群人之中挑出較聰明的人，名詞為 intelligence。negligee 是「家常服」，通常指女性穿的，negligence 則是「疏忽；過失」，形容詞為 negligent。prelect 是「公開演講」，也就是在一群人面前講話。sacrilege 是「藝瀆神明的行為」，sacr 是「神聖的」，形容詞為 sacrilegious。select 是「選擇」，se- 是「分開」，名詞為 selection，形容詞則是 selective。

字根 leg

拉丁文 lēx 是「法律」，延伸單字 paralegal 是「法律顧問；律師助理」，para- 是「在邊緣；旁邊」，也就是有足夠法律知識但不是有資格的律師，也可以是跟在律師旁邊的人。

字根 leg

希臘文 legein 是「收集；說話」，延伸單字 lexicon 是「詞彙；語彙」，也就是我們人所說過的話。lexeme 是語言學專有名詞，維基百科翻譯成「詞位」，國家教育研究院雙語詞彙則翻譯成「詞素」，morpheme 也叫做「詞素」，不過 lexeme 指的是一組有變體的單字，例如 go、goes、going、gone，不過 morpheme 是「最小且有意義的單位」，也就是在上方四個單字中的 morpheme 都是 go，不能再小了，因為 g 沒有意思，o 也是。lexicography

是「辭典編撰」，編撰的人則是 **lex**icographer。cata**log** 是「目錄」，*cata-* 是「往下」，也就是往下展開的東西。ec**lec**ticism 是「折衷主義」，字面上就是「選出最好的」的意思。

字根 *log*

希臘文 *logos* 是「話語；文字」，延伸單字 ana**log**ous 是「類似的；可比擬的」，*ana-* 是「根據」。epi**log**ue 是「（戲劇的）尾聲」，「開場」則是 pro**log**ue。homo**log**ous 是生物學專有名詞，「同源的」的意思，homologous genes 是「同源基因」。**log**arithm 是「對數」，就是數學課常聽到的 log，形容詞為 **log**arithmic。para**log**ism 是「謬誤」，也就是與客觀現實不相一致的認識。syl**log**ism 是「三段論法」，例如：1. All mammals are animals.（所有哺乳類都是動物。）2. All dogs are mammals.（所有狗都是哺乳類。）3. All dogs are animals.（所有狗都是動物），形容詞為 syl**log**istic。mono**log**ue 是「獨白」，*mono* 即「一個」。

其他

拉丁文 *lēgāre* 是「委託；指示」，延伸單字 **leg**acy 是「遺產」，被交給下一代的東西。col**leag**ue 是「同事」，同事間相互委託，形容詞 col**leg**ial 是「（同事間）氣氛融洽的；分工合作的」。de**leg**ate 是「代表」，*de-* 是「離開」。re**leg**ate 是「降職」，*re-* 是「後面」，也就是指派你做後面（不太重要）的工作，名詞為 re**leg**ation。

#12.
me-(2)
"to measure"
「測量」

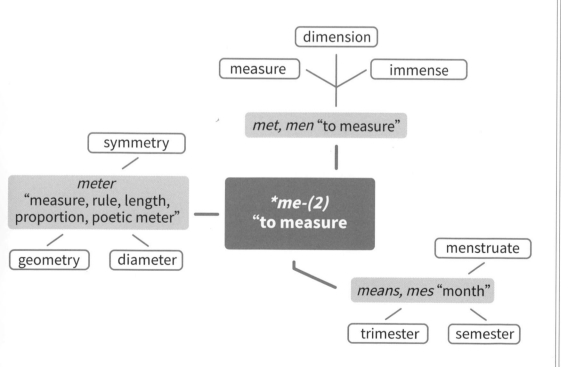

me-(2) 衍生出三個單字，分別是拉丁文的 *mētīrī*（過去分詞是 *mēnsus*，從這個單字去除字尾比較直覺）和 *mēnsis* 與希臘文的 *metron*。去除字尾後，產生 *mens*、*mens*、*met(e)r* 這三個字根，除了這三個字根，還是有變體字根存在，所以建議直接從單字裡學習字根，不過每個變體之間只會差一兩個字母而已。

me-(2) 本身是「測量」的意思，衍生意有「月亮」，因為月亮是古時候測量時間的主要依據。此印歐語字根衍生出的意思包括表示「測量」的字根 *mens*、表示「月份」的 *mens* 和表示「長度；比例；詩的韻律」的 *meter*。

英文簡單字 moon 和 month 都非常適合用來記憶這些字根，因為這些字根後方不是 n 就是 t，甚至還有 s，而這些也都可以和 moon 的 n 與 month 的 th 對應。

從古英文演變而來的同源單字有幾個，包含 meal、piecemeal、moon、Monday 和 month。meal 是「餐點」，以前是指「吃飯的時間」，又因為時間和「測量」有關。piecemeal 可以當形容詞或副詞，「零散的（地）」的意思。moon 是「月亮」，因古人以測量月亮走向來得知時間。Monday 是「星期一」，字面上就是「月亮的一天」，而從古時候這天就被訂做是一個禮拜的第二天。month 是「月份」，後方的 *-th* 是名詞字尾。

▲ *mens* 測量

measure [ˋmɛʒɚ]
vt. 測量

拆解 *meas* / *-ure*

聯想 N/A

This watch **measures** your heart rate and blood oxygen level.
這個手錶可以測量心跳和血氧。

---

dimension [dɪˋmɛnʃən]
n. 空間

拆解 *di-* / *mens* / *-ion*

聯想 量（*men*）出（*di-*）大小 →空間

What are the **dimensions** of the room?
這間房間的長寬高多少？

---

immense [ɪˋmɛns]
adj. 巨大的

拆解 *im-* / *mens* / *-e*

聯想 大到無法（*im-*）測量（*men*）→巨大的

It took an **immense** amount of time to finish the construction.
此項建設耗費了大量時間。

▲ *mens* 月份

menstruate [ˋmɛnstrʊˌet]
vi. 行經

拆解 *mens* / *-tru-* / *-ate*

聯想 月（*mens*）經來→行經

When your girlfriend **menstruates**, just don't piss her off.
你女友那個來的時候就別惹她了。

---

semester [səˋmɛstɚ]
n. 學期

拆解 *se-* / *mes* / *-ter*

聯想 六（*se-*）個月（*mes*）→學期

I failed one course in the **previous semester**.
我上學期有一堂課被當了。

trimester [traɪˈmɛstɚ]

n. 三個月

拆解 *tri- / mes / -ter*

聯想 N/A

Women are generally offered a first ultrasound during the **first trimester** of pregnancy.
孕婦通常會在懷孕的前三個月做第一次的超音波檢測。

▲ *meter* 長度；比例；詩的韻格

diameter [daɪˈæmətɚ]

n. 直徑

拆解 *dia- / meter*

聯想 通過（*dia-*）圓的線的長度（*meter*）→直徑

The **diameter** measures twice the radius.
直徑是半徑長度的兩倍。

geometry [dʒɪˈɑmətrɪ]

n. 幾何學

拆解 *ge / -o- / metr / -y*

聯想 測量（*metr*）土地（*ge*）→幾何學

The teacher spent one hour illustrating the **geometry** of a DNA molecule.
這位老師花了一小時解釋 DNA 分子的幾何結構。

symmetry [ˈsɪmɪtrɪ]

n. 對稱

拆解 *sym- / metr / -y*

聯想 共同（*sym-*）有相同比例（*metr*）→對稱

She, a perfectionist, always tries to reach a flawless **symmetry** in her artistic works.
她是個完美主義者，總是在她的藝術作品中追求極致對稱。

字根 *mens*

　　拉丁文 *mētīrī*（過去分詞是 *mēnsus*）是「測量」，延伸單字 commensurate 是「相當的」，後方加上 with 表示與什麼相當、相稱，用法較正式。

字根 *mens*

　　拉丁文 *mēnsis* 是「月份」，延伸單字 **mens**es 是「月經」，「經血」也可以用這個字表達，形容詞則是 **mens**trual，「經痛」為 menstrual pain，「月經前的」是 pre**mens**trual。bi**mes**trial 是「持續兩個月的」，比起 bimonthly 還要不常見。

字根 *meter*

　　希臘文 *metron* 是「長度；比例；詩的韻格」，**meter** 當名詞是「錶；表；計；儀」，electricity meter 即「電表」，當名詞還可以是「詩的韻格」的意思。baro**meter** 是「氣壓計」，*bar* 是「重量」。thermo**meter** 是「溫度計」，*therm* 是「熱；溫度」。pedo**meter** 是「計步器」，*ped* 是「腳；步」。photo**meter** 是「光度計」，*phot(o)* 是「光」。am**meter** 是「電流表；安培計」，「安培」是 ampere。anemo**meter** 是「風速計」，*anem* 是「風」。calori**meter** 是「量熱氣」，*cal(or)* 是「熱」。chrono**meter** 是「天文錶」，*chron* 是「時間」。clino**meter** 是「傾斜儀」，*clin* 是「坡度」。gaso**meter** 是「氣量計」，*gas* 就是「氣體」。hygro**meter** 是「溼度計」，*hygr* 是「濕氣；濕度」。mano**meter** 是「（液體）壓力計」，*man* 是「少；薄」。odo**meter** 是「里程計」，*od* 是「路」。seismo**meter** 是「地震儀」，*seism* 是「搖晃；地震」。speedo**meter** 是「速率計」，speed 即「速度」。tele**meter** 是「測距儀」，*tele-* 是「遠」。**metr**ology 是「度量衡學」。**metr**onome 是「節拍器」，*nom* 是「規律」。

▌ 其他

希臘文 *mēnē* 是「月份」，延伸單字 dys**men**orrhea 是「經痛」，*dys-* 是「不好的」，*rrhea* 是表示「流動；流出」的詞幹，可以拆解成 *rrh* / *-ea*。em**men**agogue 是「通經藥；通經法」，*em-* 是「裡面」，*agog* 是「引導」，*-ue* 是名詞字尾。**men**arche 是「月經初潮；初經」，*arch* 是「開始；最初」。**men**opause 是「停經」，pause 即「停止」。**men**iscus 是「半月板」，存在於膝關節的軟骨組織。

#13.
dwo- "two"
「二；雙」

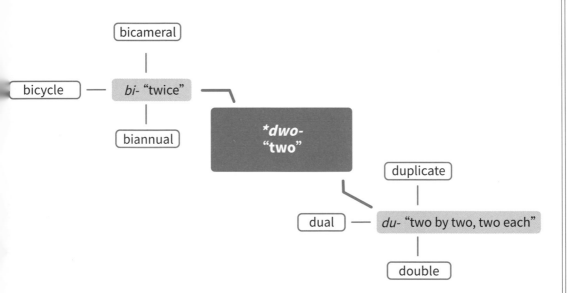

bicameral

bicycle — bi- "twice"

biannual

dwo- "two"

duplicate

dual — du- "two by two, two each"

double

　　*dwo- 衍生出的單字包含拉丁文 *bis* 和 *duo*。去除字尾後可以得到字根 *bi* 和 *du*。值得一提的是，*bis* 結尾是 is，屬於一個母音加上子音的結構，照理來說去除這兩個字母就可以得到字根，不過，去除後只剩 b 一個字母，所以保留母音。

　　*dwo- 是「二」的意思，衍生出的意思包括表示「二；兩次」的字根 **bi** 和表示「二；兩倍」的 **du**。在拉丁文，字的開頭如果是 [dw] 的音，常跟 [b] 能夠相互交換，這裡的 *bi* 換成 *du* 就是最經典的例子之一。其他例子如：拉丁文 *duellum* 和 *bellum* 可以互換，兩者都是「戰爭」的意思，延伸單字如 duel（決鬥）和 bellicose（好戰的）。拉丁文 *duenos* 和 *bonus* 可以互換，不過只有 *bonus* 可以延伸英文單字，如 *ben*efit（利益）。

　　bi 和 *du* 這兩個字根可以不用特別背，因為你會發現 *du* 的發音和英文的 two 很接近，而 *bi* 這個字根在生活單字，如 bicycle 中可見其蹤跡，事實上，two 也和它們同源。

　　從古英文演變而來的同源單字有幾個，包含 twain、twilight、twist、twine、between、betwixt、twixt、twill、twin、twig。twain 是「二；一對」，馬克吐溫的英文就是 Mark Twain。twilight 是「黃昏時；暮色」，字面上就是「光被分成兩半的時候」，也有人說這是一天會發生「兩次」的景象。twist 是「扭；轉動；旋轉」，最初是指「將東西分成兩半」。twine 是「纏繞；盤繞」，概念和 twist 類似。between 是「中間」，也就是在「兩個」東西之中。betwixt 和 between 是一樣意思，不過 betwixt 是古代的用法，twixt 是「搓，捻」。twill 是「斜紋布」，可以想像成兩種不同顏色的線交織在一起，編織成斜線形狀。twin 是「雙胞胎的其中一位」。twig 是「樹枝」，因為樹枝會一分為二或更多。另外，有關數字「二」的英文也都同源。

◢ *bi* 二；兩次

bicycle [`baɪsɪk!]
n. 腳踏車

拆解 *bi* / *cycl* / *-e*

聯想 兩個（*bi*）輪胎（*cycl*）的
→腳踏車

It's quite dangerous to **ride a bicycle** without lights at night.
晚上不開燈騎腳踏車蠻危險的。

---

bicameral [baɪ`kæmərəl]
adj. 兩院制的

拆解 *bi* / *camer* / *-al*

聯想 兩個（*bi*）房間（*camer*）
的→兩院制的

The structure of **bicameral legislature** in the U.S. originated in the UK.
美國兩院制的結構源自英國。

---

biannual [baɪ`ænjʊəl]
adj. 一年兩次的

拆解 *bi* / *ann* / *-u-* / *-al*

聯想 一年（*ann*）有兩次（*bi*）
→一年兩次的

The group **holds biannual meetings**.
這個團隊每半年就會開一次會。

◢ *du* 二；兩倍

dual [`djuəl]
adj. 兩個的

拆解 *du* / *-al*

聯想 N/A

This sofa has a **dual** purpose. It serves as a sofa and can be extended to be a bed.
這張沙發有兩個用途。它可以當沙發，也可以延展開來當床躺。

double [ˋdʌbḷ]

adj. 兩倍的

拆解 *dou / bl / -e*

聯想 折（*bl*）成兩（*dou*）半→兩倍的

An egg with a **double** yolk looks so cute.
有兩個蛋黃的蛋看起來很可愛。

---

duplicate [ˋdjuplə͵ket]

vt. 複製

拆解 *du / plic / -ate*

聯想 折（*plic*）出兩（*du*）份→複製

Did you have your documents **duplicated**?
你有去複印這些文件了嗎？

延伸學更多

▎字根 *bi*

　　拉丁文 *bis* 是「二；兩次」，延伸單字 **bi**ennial 是「兩年一次的」，*enn* 是「年」，不要和 **bi**annual 搞混了。**bi**athlon 是「兩項運動；冬季兩項」，包含越野滑雪和步槍射擊。**bi**articulate 是「雙關節的」，articulate 是「有關節的」。**bi**axial 是「雙軸的」，*ax* 即 axe。sodium **bi**carbonate 是「碳酸氫鈉；小蘇打」，sodium 是「鈉」。**bi**centenary 是「兩百周年」，*cent* 是「一百」，形容詞為 **bi**centennial。**bi**cuspid valve 是「二尖瓣」，*cusp* 是「尖端」。**bi**directional 是「雙向的」。**bi**ennium 是「兩年」。**bi**furcate 是「分叉；分支」，*furc* 是「叉子」。**bi**focal 是「雙焦的」，*foc* 即 focus，「雙焦透鏡」是 bifocal lens。**bi**fold 是「可折疊的」，fold 即「折」。**bi**gamy 是「重婚罪」，*gam* 是「結婚」。**bi**labial 是「雙脣的」，*lab* 即 lip，雙脣音 bilabial sounds 如 [p] 和 [b]。**bi**lateral 是「雙邊的；雙方的」，*later* 是「邊」，「雙邊協定」即 bilateral agreement。**bi**lingual 是「雙語的」，*lingu* 是 language。**bi**parous 是「雙

胎的」，*par* 是「出生」。**bi**partisan 是「兩黨的」，**bi**partite 則是「兩個部分的」。**bi**ped 是「兩足動物」，*ped* 是「腳」。**bi**plane 是「雙翼飛機」。**bi**polar disorder 是「躁鬱症」，polar 是「位於極端的」。**bi**racial 是「雙種族的」。**bi**sect 是「分成兩等分」，*sec* 是「切」。**bi**sexual 是「雙性戀的」。**bi**variate 是「雙變數」，*var* 就是 variable。**bi**ceps 是「二頭肌」，*cep* 是「頭」。**ba**lance 是「平衡」，*lanc* 是「盤子」。counter**ba**lance 是「彌補」。**bis**cuit 是「餅乾」，*cui* 是「烤」，餅乾兩面都烤。

▌字根 *du*

拉丁文 *duo* 是「二；兩倍」，延伸單字 **do**zen 是「十二個」，*zen* 即 ten。**du**et 是「二重唱；二重奏」。**du**o 是「兩人一組」。**du**odecimal 是「十二進制的」，*dec* 是「十」。**du**odenum 是「十二指腸」，*den* 即 ten，形容詞是 **du**odenary。**do**ublet 是「雙式詞」，指從同一源頭，藉由不同路徑進入英語，產生不同意思的兩個單字。

▌其他

拉丁文 *bīnī* 是「二；兩個一組」，延伸單字 **bin**ary 是「二進制」。**bin**ocular 是「雙目的」，*ocul* 是「眼睛」。**bin**oculars 是「雙筒望遠鏡」。com**bin**e 是「結合」，*com-* 是「一起」，名詞是 com**bin**ation。

拉丁文 *dubius* 是「懷疑」，延伸單字 **dou**bt 是「懷疑」，原指「不確定的」，因為如果看待一件事情時有兩種不同的想法，就是代表你不確定某件事是不是你所想的，也因為這樣，語意從「不確定的」轉變成「懷疑」的意思，形容詞為 **dou**btful。**dou**btless 是「毫無疑問」，*-less* 是「沒有」。**du**bious 是「半信半疑的；不確定的；可疑的」。

希臘文 *dis* 是「二；兩次」，延伸單字 **di**lemma 是「兩難」，*lem* 是「假設」。

希臘文 *dikha* 是「分成兩個」，延伸單字 **dich**otomy 是「二分法」，*tom* 是「切」。

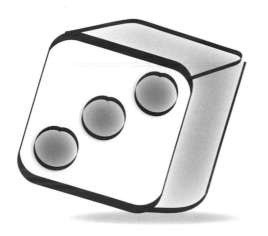

#14.
trei- "three"
「三」

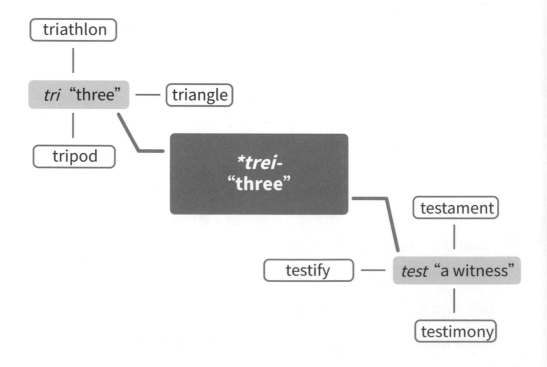

　　trei- 衍生出一個字首和單字，分別是拉丁文 _tri-_ 和 _testis_。去除字尾後可以得到字根 _tri_ 和字根 _test_。出於和 _bi_ 一樣的原因，不會把 _tri_ 的字尾去除，因為如果刪除 i，就只剩下 tr，所以保留 i。

　　trei- 是「三」的意思，衍生出的意思包括表示「三」的字根 _tri_ 和表示「目擊者」的 _test_。「三」是本意，後來衍生為「第三者」，最後就有「站在一旁和案發現場無關的第三者」。其實 _test_ 還可以再拆解：_te / st_，_st_ 就是「站」的字根。

　　tri 這個字根長得很像 three，可以用這個簡單字輔助記憶。_test_ 這個字根可以用拆解過後的型態（_te / st_）來記憶，再搭配「站在一旁和案發現場無關的第三者」這個說法來聯想。

　　從古英文演變而來的單字幾乎都是有關數字「三」的簡單字，所以這裡就不加以論述，唯一值得談談的是 thrice 這個字，意思是「三次」，和 twice 的結尾很像，不過這個字比較沒有在用了。

◢ *tri* 三

triangle [`traɪˌæŋgl̩] **n.** 三角形 拆解 *tri / angl / -e* 聯想 三個（***tri***）角度（***angl***）→ 三角形	**An equilateral triangle** has three angles of 60 degrees. 正三角形的三個角都是六十度。
triathlon [traɪˋæθlɑn] **n.** 鐵人三項 拆解 *tri / athl / -on* 聯想 三個（***tri***）競賽（***athl***）→ 鐵人三項	**Triathlon** includes swimming, cycling and running. 鐵人三項包含游泳、騎腳踏車和跑步等項目。
tripod [`traɪpɑd] **n.** 三腳架 拆解 *tri / pod* 聯想 三個（***tri***）腳（***pod***）→三腳架	I am setting this **tripod** for my long exposure photos. 我設這個腳架是要來拍長曝照片。

◢ *test* 目擊者

testament [`tɛstəmənt] **n.** 證明 拆解 *test / -a- / -ment* 聯想 由目擊者（***test***）提出的→ 證明	The speed of downloading files is **a testament to** the power of Internet. 這個下載速度可以證明網路的強大之處。

testimony [ˋtɛstəˌmonɪ]

n. 證詞

拆解 *test / -i- / -mon- / -y*

聯想 由目擊者（*test*）提出的說法→證詞

The jury were doubtful about his ambiguous **testimony**.
陪審團對他含糊不清的證詞感到疑慮。

---

testify [ˋtɛstəˌfaɪ]

vt. 作證

拆解 *test / -i- / f / -y*

聯想 目擊者（*test*）做出聲明→作證

I can **testify that** he didn't show up in this building.
他沒有出現在這棟大樓，我可以作證。

延伸學更多

▎字根 *tri*

　　拉丁文 *tri-* 是「三」，延伸單字 **tri**annual 是「一年三次的」，**tri**ennial 則是「三年一次的」，*ann* 和 *enn* 都是「年」的意思。**tri**centennial 是「三百年的」，*cent* 是「一百」。**tri**ceps 是「三頭肌」，*cep* 是「頭」。**tri**cuspid valve 是「三尖瓣」，*cusp* 是「尖端」。**tri**cycle 是「三輪車」，*cycl* 是「輪胎」。**tri**ple 是「三倍的」，*pl* 是「折」。**trib**e 是「部落」，古羅馬民族主要分為三個部族，拉丁文 *tribus* 承接這個概念造出「部落」的單字，形容詞則為 **trib**al。**trib**une 是「護民官」，**trib**unal 則是「法庭」，而 **trib**ute 成了護民官繳納的「貢金」，之後結尾是 tribute 的單字和「分配；支付；給」有關，如 dis**trib**ute 是「分配；分發」，con**trib**ute 則是「貢獻」。

字根 *test*

拉丁文 *testis* 是「目擊者」，延伸單字 at**test** 是「表明；證實」，名詞為 at**test**ation，「未被證實的」則是 unat**test**ed。con**test** 是「比賽；競賽」，有種「要大家來見證誰會贏」的概念。de**test** 是「憎恨；討厭」，*de-*「往下」，字面上是「用證詞來指責」，之後才有「不喜歡」的概念。pro**test** 是「抗議；反對」，*pro-* 是「往前」，本指「公開當證人」的意思，後來產生貶意，有「公開表示你的不滿」的意思。in**test**ate 是形容詞，「無遺囑的」的意思，但要放在動詞後方，例如：sb. died intestate 就是某人去世前沒有留下遺囑，反義詞為 **test**ate。

其他

拉丁文 *tertius* 是「第三個」，延伸單字 **terti**ary 是「第三的；第三級（階、位、等）的」。

拉丁文 *trīnī* 是「一組三個」，延伸單字 **trin**ity 是「三個一組；三人一組」，the Trinity 則是「三位一體」，也可以寫作 the Holy Trinity。

希臘文 *tris* 是「三」，延伸單字 **tris**kaidekaphobia 是「十三恐懼症」，可以約略拆解成 *tris*（三）/ *kai*（加）/ *deka*（十）/ *phobia*（恐懼症）。

希臘文 *tri-* 是「三」，延伸單字 **tri**glyceride 是「三酸甘油酯」，可以約略拆解成 *tri-* / *glycer* / *-ide*，*glycer* 是「甘油」。**tri**gonometry 是「三角函數」，*gon* 是「角度」，*metr* 則是「測量」。**tri**dactyl 是「三指的」，*dactyl* 是「手指」。**tri**skelion 是「三曲腿圖」，有興趣可以查圖片了解一下，*skel* 是「腿」。**tri**tone 是「三全音」，tone 是「全音」，也就是兩音符間相差最大的音差。

#15.
men-(1) "to think"
「思考」

was already used, use the proper reference below.

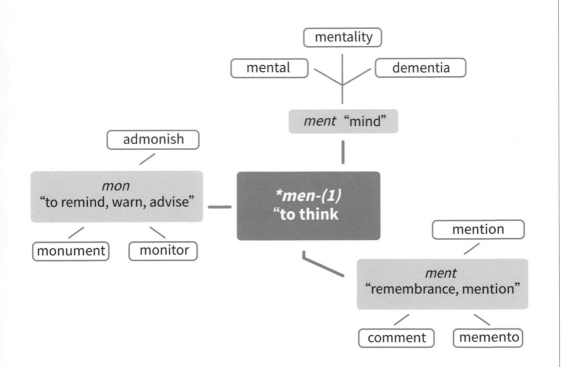

- mentality
- mental
- dementia

ment "mind"

- admonish

mon "to remind, warn, advise"

- monument
- monitor

men-(1) "to think"

- mention

ment "remembrance, mention"

- comment
- memento

men-(1) 衍生出三個單字，分別是拉丁文 *mēns*、*mentiō* 和 *monēre*。以上單字去除字尾可以得到英文字根 ment（拉丁文 *mēns* 後方接上母音後，s 都會變成 t，所以這就是為甚麼 *mēns* 是產出字根 ment）、ment 和 mon。拉丁文 *mēns* 延伸出的單字通常都有 ment，所以直接以 ment 當作字根。

men-(1) 是「思考」的意思，衍生出的意思包括表示「心智；思想」的字根 **ment**、表示「記得；提起」的 **ment** 和表示「提醒；警告」的 **mon**。雖然前面兩個字根長得一模一樣，它們意思有些差別，不過核心語意都是「思考」。從「思考」衍生出「讓別人思考、想起來」，所以才有「記得；提起」的意思。又因為「讓別人思考這件事情是不是對的」這個意思，所以衍生出「警告」的意思。

mind 和 mental 是可以拿來記憶這些字根的簡單字，也源自此印歐詞根。

從古英文演變而來的同源單字只有一個，也就是 mind。mind 是「大腦；腦海」，可以直接和字根 ment 轉音記憶。mind 也可以形容「有才智的人」。形容某件事情 all in your mind，代表「都是你心理作用」。記住某件事情是 keep something in mind。

◢ ment 心智;思想

mental [ˋmɛntl̩]
adj. 精神的;心理的

拆解 ment / -al

聯想 和心智或思想(*ment*)有關的→精神的;心理的

This family has a history of **mental disorder.**
這個家族有**精神障礙**的病史。

mentality [mɛnˋtælətɪ]
n. 心態

拆解 ment / -al / -i- / -ty

聯想 和心智(*ment*)有關的狀態→心態

I don't understand the **mentality** of people who kill others.
我真的不知道那些殺人犯到底在想什麼。

dementia [dɪˋmɛnʃɪə]
n. 失智症

拆解 de- / ment / -ia

聯想 思想(*ment*)離開(*de-*)了你→失智症

Playing mahjong improves the cognitive function of patients with **dementia.**
失智症的患者打麻將可以改善認知功能的問題。

◢ ment 記得;提起

mention [ˋmɛnʃən]
vt. 提及;談到

拆解 ment / -ion

聯想 提起(*ment*)某件事→提及;談到

He accidentally **mentioned** that he was going to get married.
他不小心提到說他將要結婚了。

memento [mɪˋmɛnto]

n. 紀念品

拆解 me / ment / -o

聯想 讓你記得（**ment**）某件事
的東西→紀念品

I regret that I didn't buy any
memento when I went to Japan.
我很後悔沒有在日本買紀念品回來。

---

comment [ˋkɑmɛnt]

n. 評論

拆解 com- / ment

聯想 提及（**ment**）的內心想法
→評論

This teacher can always give
comments that are clear and to the
point.
這位老師總是可以給出非常清楚且切題的評
論。

▲ *mon* 提醒；警告

monitor [ˋmɑnətɚ]

vt. 監控

拆解 mon / -i- / -t- / -or

聯想 提醒（**mon**）你做事→監督
你→監控

My father goes to the hospital
regularly for **monitoring** his
cholesterol level.
我爸會定期去醫院來檢測他的膽固醇濃度。

---

monument [ˋmɑnjəmənt]

n. 紀念碑

拆解 mon / -u- / -ment

聯想 提醒（**mon**）眾人的東西→
紀念碑

There stands a **monument**,
symbolizing the sacrifice of
soldiers.
那裡有個象徵著戰士們犧牲小我的紀念碑。

---

admonish [ədˋmɑnɪʃ]

vt. 告誡；勸告

拆解 ad- / mon / -ish

聯想 警告（**mon**）你別做某些事
→告誡；勸告

My grandfather **admonishes** me
for going to the tattoo parlor.
我阿公告誡我不要去刺青店。

字根 *ment*

拉丁文 *mentiō* 是「記得；提起」，延伸單字 afore**ment**ioned 是「上述的；前面提到的」，a- 是「在…上」，*fore* 即「前面」。com**ment**ary 是「解說；賽評」，com**ment**ator 則是「解說員；播報員」，解說員所在的地方就叫做 com**ment**ary box。re**min**isce 是「回憶；追憶」，*re-* 是「再次」，*-isce* 是動詞字尾，名詞為 re**min**iscence，形容詞則是 re**min**iscent，reminiscent of… 表示「使人想起……」。

字根 *mon*

拉丁文 *monēre* 是「提醒；警告」，延伸單字 **mon**ster 是「怪獸」，最初的含意是「警告」，後來有「害怕；令人憎恨的東西」的意思，最後才有「怪獸」的意思，名詞則是 **mon**strosity。de**mon**strate 是「示威；展示」，名詞為 de**mon**stration，這個字也和 monster 的邏輯一樣，不過中間 *monstr* 在拉丁文（*monstrare*）是「預兆」的意思，也就是給人指示的東西，最後就有「示威；展示」的意思。re**mon**strate 是「抗議；抱怨」，為正式用法，*re-* 應為加強語氣的字首，名詞為 re**mon**strance。remonstrate 的美式讀音重音通常在第二音節，英式讀音則通常在第一音節。**mu**ster 是「集結；集合」，最一開始也是「展示」的意思。muster one's forces 是「集結所有力量、人員或經歷」的意思。pre**mon**ition 是「（不詳的）預兆；預感」，因為預感就是「警告」人之後可能會發生什麼事的一種感覺，又因為 *pre-* 是「提前」，整個造字邏輯就是「提前做出警告」，可以用 have a premonition that… 來表示你有什麼預感。sum**mon** 是「召集；召喚」，*sum-* 就是 *sub-*，可以想做是「提醒下面的人要過來」，summon 加上 s 變成 summons，指「傳票」。

▎其他

希臘文 *mania* 是「瘋狂」，延伸單字 **man**ia 是「瘋狂的行為；發瘋」，**man**iac 則是「……狂；瘋子」，通常結尾是 *mania* 的單字是形容「疾病」，結尾 *maniac* 才是形容有該疾病的「人」。klepto**man**iac 是「偷竊狂」，*klept* 源自希臘文，表示「小偷」。megalo**man**iac 是「自大狂」，*meg(al)* 源自希臘文，表示「大；強大」。arithmo**man**ia 是「計算狂」，前面的 *arithm* 就是 arithmetic，源自希臘文，表示「數字；計算」。biblio**man**ia 是「集書狂」，*bibli* 源自希臘文，表示「書」。pyro**man**ia 是「縱火狂」，*pyr* 源自希臘文，表示「火」。mono**man**ia 是「單狂；偏僻」，一種精神錯亂，*mon(o)* 源自希臘文，表示「一；單獨」。

希臘文 *Mentōr* 是一個男生的名字，延伸單字 **ment**or 是「心靈導師」，當動詞則是「指導」。

希臘文 *Mousa* 是「繆思；繆思女神」，是希臘神話中掌管文學、藝術、科學等的九位文藝女神，賦予詩人靈感。從原意「思考」，演變成「靈感」的意思，最後衍生為「藝術」相關的事情。延伸單字 **mus**eum 是「博物館」，也就是充滿「藝術」的地方。**mus**ic 是「音樂」，也和「藝術」相關。**mos**aic 是「鑲嵌體；馬賽克藝術；鑲嵌藝術」。**muse** 是「沉思」，後方加 about 或是 on 可以接某事物，muse 當名詞是「靈感」的意思，為文學用字，大寫的 Muse 就是形容「繆思」。

希臘文 *mimnēskein* 是「記得」，延伸單字 **amnes**ia 是「失憶症」，*a-* 是「不」，**amnes**iac 表患者。**amnes**ty 是「赦免；大赦」，使罪犯獲得自由，也就是「忘記他有犯罪」的概念，前方的 *a-* 也是「不」的意思。

希臘文 *mnēmōn* 是「記住的；留意的」，延伸單字 **mnem**onics 是「記憶術」，**mnem**onic 則是「幫助記憶的東西」。**Mnem**osyne 是希臘神話中掌管記憶的提坦女神「謨涅摩敘涅」。

Chapter

3

後記

3.1 第二章的單字是如何彙整的？

　　「以原始印歐語延伸拉丁文單字和希臘文單字，並去除字尾找出英文字根，再延伸英文單字」，這個概念是受經典美語的謝忠理老師的《字彙方法學》課程所啟發的。雖然沒有親自上過謝老師的課，但透過 YouTube 的免費影片，不只學到很多單字，也學習到單字教學的新思維。

　　第二章節的單字主要是以 American Heritage Dictionary（簡稱 AHD）、Online Etymology Dictionary（簡稱 Etymonline）和 Wiktionary 等字源字典，輔以 Cambridge Dictionary、Merriam Webster 等字典來彙整的。字源字典用於彙整同源單字；英漢和英英字典則用於擷取單字的基本資料。在本章節，我會向你介紹如何使用這些字源字典來彙整單字。

　　本書用印歐語詞根來統整同源單字，作者在統整同源單字時都從 AHD 出發，網站的搜尋欄下方有「Indo-European Roots」的條目，裡面可以找到所有印歐語詞根。以原始印歐語 *leuk*- 為例，以下是該網站條目：

leuk-

Light, brightness.

Derivatives include light, illuminate, lunatic, lucid, and lynx.

I. Basic form *leuk*.
1. Suffixed form *leuk*-to.
   a. light[1] , from Old English *lēoht*, *līht*, light;
   b. lightning, from Old English *līhtan*, to shine, from Germanic *leuht-jan*, to make light. Both a and b from Germanic *leuhtam*.
2. Basic form *leuk*. luculent, lux; Lucifer, luciferin, from Latin *lūx*, light.
3. Suffixed form *leuk-smen*-. limbers, limn, lumen, luminary, luminous; illuminate, phillumenist, from Latin *lūmen*, light, opening.
4. Suffixed form *leuk-snā*-. Luna, lunar, lunate,lunatic, lune, lunula; mezzaluna, sublunary, from Latin *lūna*, moon.
5. Suffixed form *leuk-stro*-.
   a. luster, lustrum, from Latin *lūstrum*, purification;
   b. illustrate, from Latin *lūstrāre*, to purify, illuminate.
6. Suffixed form, *leuko-dhro*-. lucubrate; elucubration, from Latin *lūcubrāre*, to work by lamplight.
7. Suffixed form *leuk-o*-. leuko-; melaleuca, from Greek *leukos*, clear, white.
8. Suffixed form *leuk-os*, *leuk-es*-. risk, perhaps ultimately from Old Iranian *raučah*-, day (Old Persian *raucah*).

II. O-grade form *louk-.

    1. Suffixed form *louk-o-.

        a. lea, from Old English *lēah*, meadow (< "place where light shines"), from Germanic *lauhaz*;

        b. levin, from Middle English *levin*, lighting, from Germanic *lauh-ubni-*.

    2. Suffixed (iterative) form *louk-eyo-. lucent, lucid; elucidate, noctiluca, pellucid, relucent, translucent, from Latin *lūcēre*, to shine.

III. Zero-grade form *luk-.

    1. Suffixed form *luk-sno-. link [2] , lychnis, from Greek *lukhnos*, lamp.

    2. Attributed by some to this root (but more likely of obscure origin) is Greek *lunx*, lynx (as if from its shining eyes) lynx, ounce-[2] .
[Pokorny leuk- 687.]
（取自：https://ahdictionary.com/word/indoeurop.html）

    以「I、II、III」分類的是印歐語詞根的變形。「I」是 basic form，也就是 *leuk-* 的原形「II」是 o-grade form，也就是母音變為「O」的印歐詞根，形成 *louk-*；「III」是 zero-grade form，也就是會改變的母音直接消失，形成 *luk-*。

basic form	*leuk-*
o-grade form	*louk-*
zero-grade form	*luk-*

下一個分類為「1、2、3」，不同數字就代表加了不同印歐字尾的變形。這些印歐字尾都有其作用，例如名詞字尾、形容詞字尾等，不過這些對於彙整單字不太重要，讀者不必深究。

上方條目套上藍底的單字大多是拉丁文和希臘文單字，這些單字的字源都是條目的主要印歐語詞根，也就是 *leuk-*。另外，我會先評估這些單字是否可以延伸出很多單字來學習，如果無法的話，就不會列在第二章節的主要單字和延伸單字中了。

底線單字為相對應的拉丁文或希臘文的延伸單字（以 II 的 2 來說，lucent、lucid 等都是拉丁文 *lūcēre* 的延伸單字），第二章節的主要單字和延伸單字都是以此為依據。另外，為了讓讀者可以學習到更多單字，我會另外在 Etymonline 查詢更多同源單字。

若遇到比較難拆解的單字，我會使用 Wiktionary。舉例來說，因為 abscond 這個單字不好拆解，我就會用到 Wiktionary。查了 abscond 會發現它可以拆解成 abs + condo，condo 又可以拆解成 *con-* + *dhe-*，所以 abscond 可以拆解成 *abs- / con- / d*，其中 d 為字根。

3.2 詞素的同音異義性

　　同音異義性（homophony ｜ *homo- / phon / -y*）即「相同發音但不同意義的性質」。舉英文單字為例，sow（播種）和 sew（縫紉）兩者就互為同音異義詞（homophone ｜ *homo- / phon / -e*）。詞素的同音異義性也是同樣道理，如表示「拿；抓」的字根 *cap*（例字如 capable）和表示「頭」的字根 *cap*（例字如 capital），兩者就互為 homophones。以下我會列出常見的同音異義詞素，供讀者分清楚兩者意義上和字源上的差別。

字根	拉丁、希臘字源	解釋	例字
cap	L. capere	to take, seize, catch	<u>cap</u>tivate 吸引
cap	L. caput		<u>cap</u>ital 首都

cur	L. cūra	care	se<u>cur</u>e 可靠的
cur	L. currāre	to run	re<u>cur</u> 再次發生

nom	G. nomos	law	auto<u>nom</u>y 自治
nom	L. nōmen	name	<u>nom</u>inate 提名

p(a)ed	G. pais	child	<u>p(a)ed</u>iatrics 小兒科
ped	L. pēs	foot	<u>ped</u>icure 足部治療

sol	L. sōlus	by oneself alone	<u>sol</u>itude 獨處
sol	L. sōl	the sun	<u>sol</u>stice （夏、冬）至

　　相同拼寫的字根，純屬巧合。另外，表示「小孩」的字根 *p(a)ed* 沒有 a 是美式拼寫（*ped*），有 a 才是英式拼寫（*paed*）。所以像是 pedophile 這樣的字，就要特別查過字源，到底是「戀童癖」，還是「戀足癖」的意思。

3.3 如何使用英文和轉音學習語言？

因為英文絕大部分的詞彙都是借自拉丁文、法文，學習如西班牙文、法文或義大利文等拉丁語系的學生，就會發現這些語言的單字拼寫或發音和英文相似。在拉丁語系的所有語言中，作者只學過西班牙文，在學的當下發現很多與英文相似的詞彙。

我所提倡的並不是在學習其他語言時，透過轉音六大模式來觀察相似詞彙，而是看到第二語言的新詞彙時，能夠感受該字的發音，並和有相似發音或拼寫的英文單字做連結，創造出記憶連結。除了感受發音，也可以直接觀察新詞彙是否有已知字根，同樣可以幫助記憶。

讓我提供一些例字吧！西班牙文的發音較規律，基本上就是看到什麼字母就唸什麼音。下方以大寫 S 代表西班牙文單字、E 代表英文單字。

1. S. teléfono 和 E. telephone 發音和拼寫相似，「電話」之意，兩字都源自法文 *téléphone*。

2. S. compañero 和 E. companion 發音和拼寫相似，「同伴；夥伴」之意，兩字都源自古拉丁文 *compāniō*。

3. S. instrucciones 和 E. instructions 發音和拼寫相似，「指示」之意，兩字都源自拉丁文 *īnstrūctiōnem*。

4. S.gramática 和 E. grammar 拼寫相似，「文法」之意，兩字都源自拉丁文 *grammatica*。

5. S. letra 和 E. letter 發音和拼寫相似，「字母」之意，兩字都源自拉丁文 *littera*。

6. S. cocer（煮；烹飪）和 E. precocious（早熟的）的 *coc* 是表示「煮」的字根，源自拉丁文 *coquere*。

7. S. escribir（寫；書寫）和 E. prescribe（開處方簽）的 *scrib* 是表示「寫；書寫」的字根，源自拉丁文 *scrībere*。

8. S. tener（擁有）和 E. attenuate（減少；削弱）的 *tenu* 是表示「伸展」的字根，源自拉丁文 *tenēre*。

9. S. extranjero（外國人）的 *(s)tranj* 可以對應到英文 strange 的 *strang*，兩者都代表「外面的」。

10. S. bienvenido（歡迎）可以大略拆解成 bien + venido，bien 即英文字根 *bene*，相關單字如 benefit；venido 即英文字根 *ven*，相關單字如 prevent。

　　依靠著相似發音和相關字根，學習拉丁語系的語言可以更加輕鬆。這個方法是在你對字根和轉音法則熟悉後才會比較實用，當然也不用因為還不習慣就覺得很難用這個方法學會第二外語，上述方法只是輔助記憶喔！

3.4 非典型轉音

　　第二章節原始印歐語 *dhe-* 的單字中，光可以延伸的拉丁文就有 *facere*、*faciēs* 和 *facilis*，這些拉丁文的 f 對應到此印歐語的 *dh，像這樣從 *dh 變成 f 的語音轉換，我會視為非典型轉音，因為兩字母的發音部位不相似。以下會介紹其他常見，但非典型轉音例字與其延伸單字。以下以 G 表示希臘文、L 表示拉丁文、E 表示英文。另外，建議你可以到 https://www.ipachart.com/ 這個網站來看發音部位與音標的對應。

PIE *dh

　　於字首的 *dh 到了拉丁文會變成 f。*dh 屬舌尖音（apical consonant｜*apic / -al*），更精確來說是齒齦音（alveolar consonant｜*alveol / -ar*），f 則是唇齒音（labiodental consonant｜*labi / -o- / dent / -al*）。

　　於字中且接近 r、l 或 u 的 *dh，到了拉丁文會變成 b。*dh 屬舌尖音（apical consonant），更精確來說是齒齦音（alveolar consonant），b 則是雙唇音（bilabial consonant｜*bi / labi / -al*）。

於字中其他位置的 *dh，到了希臘文通常會變成 d，到了拉丁文也是 d，發音部位相似。

PIE 字母	PIE 詞根	希臘文或拉丁文單字	英文字根	解釋	延伸單字
於字首的 *dh	*dheygh-	L. fingere	fing（n 為中綴）	to shape	effigy（被人憎恨的）人形雕像
	*dheh-	L. facere	fac	to do, make	factotum 事務總監
	*dhuhmos-	L. fūmus	fum	smoke, steam, fume	fumigation 燻蒸
	*dhwer-	L. forum	for	public place, forum	afforestation 造林
於字中且接近 r、l 或 u 的 *dh	*rudhros-	L. ruber	rub	red, ruddy	rubella 德國麻疹
	*werdhom-	L. verbum	verb	word	verbicide 扭曲字義
	*krey-dhrom-	L.crībrum	cribr	sieve	cribriform 篩狀的

PIE *ǵh

g 是軟顎音（velar consonant｜vel / -ar），上方若加上尖音符（acute accent｜ac / -ute；ac- / cen / -t）（ǵ）則為硬顎音（palatal consonant｜palat / -al）。於 u 前方的 *ǵh 到了拉丁文會變成 f。*ǵh 是送氣硬顎音，f 則是唇齒音。

PIE 字母	PIE 詞根	希臘文或拉丁文單字	英文字根	解釋	延伸單字
於 u 前方的 *ǵh	*ghewd-	L.fundēre	fund	to melt, pour out	**re**fund 退款

PIE *kʷ

右上角的「w」代表唇音，搭配上 k 的軟顎音，*kw 是唇（軟）顎音（labiovelar consonant｜labi / -o- / vel / -ar），*kw 的發音可以想做是英文 queen 的「qu」，音標為 [kw]。*kw 到了希臘文會變成 p 或是 t（也會變成 k）。*kw 是唇顎音，p 是雙唇音，t 則是齒齦音。

PIE 字母	PIE 詞根	希臘文或拉丁文單字	英文字根	解釋	延伸單字
*kʷ	*leykʷ-	G. leípō	lip	lacking	**lip**ogram 漏字文
	*penkʷe-	G.pénte	pent	five	**pent**ameter 五步格

PIE *gʷ

*gw 到了希臘文會變成 b、d 或是 z（也會變成 g）。*gw 是唇顎音，b 是雙唇音，d 是齒齦音，z 也是齒齦音。*gw 到了拉丁文文會變成 v，拉丁文的 v 有兩種發音，[w] 和 [v]，[w] 是古典拉丁文發音、[v] 則是教會拉丁文發音，學習拉丁文的人通常會學古典拉丁文發音。

PIE 字母	PIE 詞根	希臘文或拉丁文單字	英文字根	解釋	延伸單字
*g^w	*g^wrehus-	G. b<u>a</u>rús	bar	heavy	**bar**ium 鋇
	*neg^w-	G.a<u>d</u>ḗn	aden	gland	**aden**oid 腺樣體
	*g^weyh-	G. <u>z</u>ôion	zo	living being, animal	**azo**temia 氮血症
	*g^weyh-	L.v<u>ī</u>vere	viv	to live	**viv**arium 小動物飼養箱

PIE *g^wh

　　*g^wh 到了希臘文會變成 ph 或 th，到了拉丁文則會變成 f 或 v。*g^wh 是送氣唇顎音，f 是唇齒音，th 是齒間音（interdental consonant ｜ inter- / dent / -al），v 也是唇齒音。

PIE 字母	PIE 詞根	希臘文或拉丁文單字	英文字根	解釋	延伸單字
*g^wh	*sneyg^w<u>h</u>-	G. ní<u>ph</u>a	niph	snow	**niph**ophobia 懼雪症
	*g^w<u>h</u>er-	G.<u>th</u>ermós	therm	warm, hot	hyper**therm**ia 體溫過高
	*g^w<u>h</u>en-	L. *<u>f</u>endō	fend	to strike, kill	**fend** 擊退；抵擋
	*sneyg^w<u>h</u>-	L. ni<u>v</u>is	niv	snow	**niv**al 長年積雪的

3.5 延伸學更多

　　以下是讀者可以延伸學更多的連結,希望正在看這本書的你可以到這些連結,繼續延伸學習,如果有更多問題,也歡迎到各大粉絲專頁詢問!

　　《全國高中生英文單字比賽冠軍的私密筆記:英文字神教你三大記憶法,帶你從學習中脫困,大考逆轉勝》:

Podcast

LINE 社群

Instagram 粉絲專頁

Facebook 粉絲專頁

Chapter

附錄

💡 常見字根首尾表

🔦 字根（164 個）

字根	詞素解釋	延伸單字	單字解釋
ac	鋒利的；針；刺	**ac**upuncture	針灸
aer	空氣	**aer**ial	空中的
ag	驅使	**ag**ent	代理人
agr	田	**agr**iculture	農業
am	愛	**am**iable	友好的
ambul	走	**ambul**ance	救護車
anim	生命	**anim**ate	有生命的
ann	年	**ann**ual	每年的
aqu	水	**aqu**arium	水族箱
arch	統治	hier**arch**y	等級制度
aud	聽	**aud**ible	聽得見的
aug	增加	**aug**ment	增加
aut	自己	**aut**omatic	自動的
av	鳥	**av**iary	大鳥籠
bat	打	a**bat**e	減少
bell	戰爭	**bell**igerent	好鬥的
bi	生命	**bi**ology	生物學
bibli	書	**bibli**ography	參考書目
bon	好的	**bon**us	額外的好處
brevi	縮短	ab**brevi**ate	縮寫；簡稱
burs	皮包	reim**burs**e	償還
capit	頭	**capit**al	首都
cap	拿；握	**cap**able	有能力的

cardi	心	**cardi**ology	心臟病學
carn	肉	rein**carn**ation	輪迴轉世
ced	走	ante**ced**ent	先例
cent	一百	**cent**ennial	百年紀念
centr	中心	con**centr**ate	專心
chron	時間	**chron**ic	慢性的
cid	切；殺	sui**cid**e	自殺
circ	環狀	**circ**us	馬戲團
cit	召喚	re**cit**e	背誦；朗誦
civ	市民	**civ**ic	市民的
claim	呼喊	pro**claim**	聲明
clin	折	in**clin**e	傾向
clud	關上	in**clud**e	包含
cord	心	con**cord**	和諧
cred	相信	**cred**ible	可信的
creas	成長	in**creas**e	增加
cul	耕作	**cul**ture	文化
cur	關心	**cur**able	可治療的
cur	跑	re**cur**	再次發生
cycl	圈圈	**cycl**e	騎腳踏車
dec	十	**dec**ade	十年
dem	人民	**dem**ocracy	民主
dent	牙齒	**dent**ure	假牙
dic	說	pre**dic**t	預言
doc	展示；教導	**doc**tor	醫師
don	贈予	**don**ate	捐贈
dorm	睡	**dorm**ant	休眠的
du	二	**du**et	二重奏

duc	引導	intro**duce**	引進
dur	硬	**dur**able	耐久的
dyn	力量	**dyn**amic	精力充沛的
equ	平均的	**equ**al	相等的
erg	工作	en**erg**y	能量
err	徘徊	ab**err**ation	反常
estim	估價	**estim**ate	估計
fac	做	manu**fac**ture	製造
fam	名聲	in**fam**ous	惡名昭彰的
fend	打擊	of**fend**	冒犯
fer	攜帶	trans**fer**	轉移
fid	相信	con**fid**ent	有信心的
firm	牢固的	con**firm**	確認
form	形成	con**form**	遵從
frag	破壞	**frag**ment	碎片
ge	地球	**ge**ography	地理
gen	產生；種類	**gen**e	基因
gnor	知道	i**gnor**ant	無知的
gon	角度	penta**gon**	五角形
grad	走	de**grad**e	貶低
graph	書寫	tele**graph**	電報
grav	重的	**grav**ity	重力
her	黏	ad**her**e	黏附
hum	地面	**hum**ble	地位低下的
hyd	水	**hyd**rant	消防栓
it	走	ex**it**	出口
jac	投擲；丟	e**jac**ulate	射精
jur	法律	**jur**y	陪審團

juven	年輕的	**juven**ile	青少年的
labor	工作	col**labor**ate	合作
leg	閱讀	**leg**ible	易讀的
lev	輕的	al**lev**iate	減輕；緩和
lim(in)	門檻	e**limin**ate	淘汰
lingu	語言	**lingu**istics	語言學
loc	放	al**loc**ate	分配
log	說話	dia**log**ue	對話
loqu	說話	e**loqu**ent	雄辯的
luc	照亮	trans**luc**ent	半透明的
lum(in)	光	bio**lumin**escence	生物發光
lun	月亮	**lun**atic	瘋子
magn	大的	**magn**ifier	放大鏡
man	手	e**man**cipate	解放
medi	中間	**medi**eval	中世紀的
mens	測量	di**mens**ion	空間
ment	大腦	**ment**al	精神的
migr	遷徙	im**migr**ation	移民入境
min	變小	di**min**ish	降低；減少
mit	傳送	e**mit**	散發；發出
mount	往上爬	sur**mount**	克服
mort	死亡	im**mort**al	永生的
mov	移動	re**mov**e	移除
nat	出生	in**nat**e	天生的
neg	否定	**neg**ative	負面的
nom	名字	**nom**inate	提名
nov	新的	in**nov**ation	創新
numer	數字	in**numer**able	無數的

onym	名字	pseud**onym**	假名
oper	工作	**oper**ation	運作
ord	安排；排列	co**ord**inate	協調
pac	和平	**pac**ific	和平的
pan	麵包	com**pan**y	公司
part	一部分	**part**ial	偏袒的
path	情感；感覺	a**path**y	無感
ped	腳	**ped**estrian	行人
pel	驅使	com**pel**	強迫
pet	尋求；追求	com**pet**e	競爭
phon	聲音	tele**phon**e	電話
phor	攜帶	meta**phor**	暗喻
phot	光	**phot**osynthesis	光合作用
pl	裝滿	com**pl**ete	完成
plic	折	com**plic**ated	複雜的
pon	放置	post**pon**e	延後
port	攜帶	**port**able	可攜帶的
preci	價值	de**preci**ate	貶值
psych	氣息；靈魂	**psych**ology	心理學
reg	引導	**reg**ime	政權
rog	詢問	inter**rog**ate	審問
rup	破掉	e**rup**t	火山爆發
sc	知道	**sc**ience	科學
scrib	書寫	de**scrib**e	描述
sec	切	in**sec**t	昆蟲
sed	坐下	**sed**iment	沉澱物
sent	感受	**sent**iment	傷感；觀點
sequ	追隨	con**sequ**ence	後果

sen	老的	**sen**ior	年長的
sim	相同的	**sim**ultaneous	同時的
st	站著	**st**atue	雕像
soci	同伴	**soci**able	好交際的
sol	孤獨	**sol**itude	獨處
solv	鬆開	re**solv**e	解決
son	聲音	uni**son**	齊唱
spec	看	**spec**tacle	壯觀景象
spir	呼吸；吹氣	per**spir**e	出汗；流汗
tenu	薄的	at**tenu**ate	減少；減輕
tang	觸摸	**tang**ible	可觸碰到的
test	證人	**test**ament	證明
thes	放置	**thes**is	論文
tom	切	ana**tom**y	解剖學
un	一	**un**ite	結合；聯合
vacu	空的	e**vacu**ate	疏散
val	有價值；強壯	e**val**uate	評估；估價
ven	來	pre**ven**t	預防
ver	真實的	**ver**ify	證實
verb	字；詞	**verb**al	口頭的
vert	轉	con**vert**	轉變；改變
vi	路	pre**vi**ous	以前的；先前的
vid	看	e**vid**ent	明顯的
vig	有活力	**vig**or	活力；精力·
viv	活著的	**viv**id	生動的
voc	聲音	**voc**al	聲音的
volv	翻滾；滾動	re**volv**e	轉動；旋轉
vor	吞食	omni**vor**ous	雜食性的

zo	動物	**zo**ology	動物學

字首（48 個）

字首	詞素解釋	延伸單字	單字解釋
ab-	離開	**ab**dicate	放棄王位
ad-	朝向	**ad**mit	承認
ambi-	兩邊；附近	**ambi**dextrous	雙手都很靈巧的
an-	不；無	**an**archy	無政府狀態
ante-	前面；之前	**ante**diluvian	過時的
anti-	抵抗；相反	**anti**body	抗體
apo-	離開	**apo**logy	道歉
cata-	向下	**cata**log	目錄冊
con-	一起	**con**form	順從；遵從
de-	離開；往下	**de**crease	減少
demi-	一半	**demi**god	半神半人
dia-	通過	**dia**meter	直徑
dis-	分開；無	**dis**card	拋棄；扔掉
en-	使；之上	**en**large	增大；擴大
epi-	之上；之中	**epi**demic	流行；傳染
ex-	外面	**ex**pand	擴大；增加
extra-	外面；超過	**extra**ordinary	非凡的；驚奇的
fore-	之前	**fore**head	額頭
hyper-	超過；之上	**hyper**active	亢奮的；活躍的
hypo-	之下；不足	**hypo**thesis	假設
hemi-	一半	**hemi**sphere	半球
in-	裡面	**in**duce	誘使；勸說
in-	無；缺乏	**in**sane	瘋癲的；瘋狂的

inter-	之間；之中	**inter**national	國際間的
intro-	裡面；進去	**intro**vert	內向的人
infra-	下面	**infra**structure	基礎建設
micro-	小；微小	**micro**scope	顯微鏡
mis-	不好；錯誤	**mis**take	錯誤；過失
multi-	多；許多	**multi**verse	多重宇宙
non-	缺乏；沒有	**non**sense	胡扯；胡說
ob-	朝向；抵抗；前方	**ob**stacle	障礙
omni-	全部	**omni**scient	全知的
pan-	全部；概括全部	**pan**acea	萬靈藥
para-	旁邊；下方；抵抗	**para**graph	段落
per-	通過；穿過	**per**vade	滲透；瀰漫
poly-	多；許多	**poly**glot	會說多國語言的人
post-	後方；後面	**post**erior	後部的；後方的
pre-	前面；之前	**pre**dict	預言；預測
re-	再一次；往後	**re**call	回想
se-	分開；分離	**se**parate	分開的
semi-	一半	**semi**conductor	半導體
syn-	一起	**syn**thesis	合成；綜合
sub-	下面；往下；次要	**sub**marine	潛水艇
super-	超過；越過	**super**sonic	超音速的
tele-	遙遠；遠端	**tele**pathy	心電感應
trans-	越過；超過	**trans**fer	轉移；調動
un-	不；無	**un**abridged	未刪減的；完整的
under-	下方；下面	**under**ground	地下的

字尾（81 個）

字尾	詞性	延伸單字	單字解釋
-a	名詞	formul**a**	配方；公式
-able	形容詞	vi**able**	可實施的
-ac	名詞	mani**ac**	瘋子；狂人
	形容詞	cardi**ac**	心臟的
-acle	名詞	spect**acle**	壯觀；景象
-age	名詞	dam**age**	傷害
-al	形容詞	ment**al**	心理的
	名詞	approv**al**	批准
-an	形容詞	hum**an**	人的；人類的
	名詞	pedestri**an**	行人
-ance	名詞	ignor**ance**	無知
-ancy	名詞	pregn**ancy**	懷孕
-ane	形容詞	arc**ane**	神祕的；祕密的
-ant	形容詞	adam**ant**	頑固的；固執的
	名詞	applic**ant**	申請者
-ar	形容詞	circul**ar**	環狀的
	名詞	begg**ar**	乞丐
-arium	名詞	aqu**arium**	水族箱
-ary	形容詞	arbitr**ary**	任意的；武斷的
	名詞	mortu**ary**	太平間
-ate	形容詞	affection**ate**	深情的；有愛的
	名詞	advoc**ate**	擁護者
	動詞	dict**ate**	命令；規定
-cule	名詞	mole**cule**	分子

-e	名詞	hyperbol**e**	誇大法；誇張
	動詞	dedu**ce**	推斷；推論
-ee	名詞	refug**ee**	難民
-eer	名詞	engin**eer**	工程師
-en	形容詞	gold**en**	金的
	動詞	weak**en**	削弱
-ence	名詞	confid**ence**	信心
-ent	形容詞	afflu**ent**	富裕的
	名詞	cli**ent**	客戶；顧客
-er	名詞	desert**er**	逃兵
-esc（若表示動詞，後方通常還會再加上字尾 -e）	動詞	acqui**esc**e	默認
-hood	名詞	adult**hood**	成年
-ia	名詞	amnes**ia**	失憶症
-ic	形容詞	chron**ic**	慢性的
	名詞	arithmet**ic**	算術
-ice	名詞	just**ice**	正義
-ics	名詞	econom**ics**	經濟
-ile	形容詞	ag**ile**	敏捷的；靈活的
	名詞	project**ile**	投擲物
-in	名詞	tox**in**	毒素
-ine	形容詞	can**ine**	犬科的；狗的
-ion	名詞	creat**ion**	創造
-is	名詞	analys**is**	分析
-ism	名詞	capital**ism**	資本主義
-ist	名詞	art**ist**	藝術家

-ite	形容詞	defin**ite**	確定的；肯定的
	動詞	exped**ite**	促進；加快
-ive	形容詞	conclus**ive**	決定性的；確實的
	名詞	frica**tive**	摩擦音
-ize	動詞	organ**ize**	安排；籌劃
-less	形容詞	care**less**	粗心的
-ly	形容詞	friend**ly**	友好的
	副詞	previous**ly**	以前；先前
-men	名詞	acu**men**	敏銳
-ment	名詞	frag**ment**	碎片
	動詞	imple**ment**	實施
-ness	名詞	dark**ness**	黑暗
-oid	形容詞	anthrop**oid**	類人的
	名詞	aster**oid**	小行星
-oma	名詞	carcin**oma**	癌
-or	名詞	act**or**	演員
-ory	形容詞	valedict**ory**	告別的
	名詞	invent**ory**	存貨；物品清單
-ose	形容詞	belli**cose**	好戰的；好鬥的
-ous	形容詞	preci**ous**	珍貴的
-ry	名詞	rival**ry**	競爭；較勁
-ship	名詞	fellow**ship**	團體；交情
-some	形容詞	trouble**some**	煩惱的；麻煩的
-t	形容詞	abrup**t**	突然的；突發的
	名詞	poe**t**	詩人
	動詞	elec**t**	選舉
-th	名詞	dea**th**	死亡

-tude	名詞	longi**tude**	經度
-ty	名詞	veri**ty**	真實；事實
-um	名詞	alb**um**	專輯；相冊
-ure	名詞	creat**ure**	生物
-y	名詞	antipath**y**	反感

◌ 參考解答

▌第一章｜學習單字的關鍵

☈ 1.2 玩單字的第一步｜字根首尾

☈ 1.2.1 字根首尾的介紹
1. *pre-* + *dic* + *-t* + *-able* = predictable
2. *dic* + *-t-* + *-ate* = dictate

☈ 1.2.2 字根首尾的應用
1. *con-* / *tag* / *-i-* / *-ous*
2. *ab-* / *sorb*
3. *ad-* / *dic* / *-t*
4. *en-* / *chant*
5. *anti-* / *war*
6. *cata-* / *log*
7. *con-* / *fess*
8. *de-* / *cid* / *-e*
9. *dia-* / *log*
10. *dis-* / *rup* / *-t*
11. *epi-* / *center*
12. *ex-* / *it*
13. *homo-* / *sex* / *-u-* / *-al*
14. *hyper-* / *son* / *-ic*
15. *ob-* / *tain*
16. *para-* / *sol*
17. *per-* / *me* / *-ate*
18. *pre-* / *heat*
19. *re-* / *read*
20. *se-* / *duc* / *-e*
21. *sub-* / *way*
22. *sym-* / *phon* / *-y*
23. *tele-* / *scop* / *-e*
24. *trans-* / *it*

25. un- / plug

26. in- / ept

· ·

27. wind / -y

28. re- / lat / -e

29. e- / lec / -t

30. leg / -al / -ize

31. liber / -ate

32. dark / -en

33. loc / -al

34. flu / -ent

35. cyn / -ic

36. act / -ive

37. preci / -ous

38. color / -ant

39. bin / -ary

40. lun / -ar

41. fac / -t- / -ory

42. cap / -able

43. cand / -id

44. alb / -um

45. frac / -t- / -ure

46. teen / -age

47. in- / ven / -t / -ion （之所以拆

解成 -t / -ion 而不拆解成 -tion
是因為，invention 和 invent
之間只差了 -ion，所以把 -ion
當作字尾，-t 也當作字尾。）

48. play / -er

49. train / -ee

50. doc / -t- / -or

51. fin / -ish

· ·

52. phot / -o- / graph

53. real / -i- / -ty

54. ten / -u- / -ous

55. scrip / -t- / -ure

56. re- / pul / -s- / -ive

· ·

57. ac- / cur / -ate

58. con-/ fid /-ent

59. con- / fin/ -e

60. pro- / jec /-t

61. se- / lec / -t / -ion （之所以拆
解成 -t / -ion 而不拆解成 -tion
是因為，selection 和 select
之間只差了 -ion，所以把 -ion
當作字尾，-t 也當作字尾。）

62. e- / leg / -ant

63. *cardi / -o- / log / -y*

64. *su / -i- / cid / -e*

65. *log / -ic*

66. *e- / lev / -ate*

67. *de- / liber / -ate*

68. *bene / dic / -t / -ion*（之所以拆解成 *-t / -ion* 而不拆解成 *-tion* 是因為，benediction 和 benedict 之間只差了 *-ion*，所以把 *-ion* 當作字尾，*-t* 也當作字尾。）

69. *ab- / duc / -t / -or*

70. *langu / -age*

71. *art / -i- / fac / -t*

72. *aer / -o- / nau / -t- / -ic / -s*

73. *e- / limin / -ate*

74. *aud / -ible*

75. *av / -i- / -ary*

76. *bene / fac / -t- / -or*

77. *brev / -i- / -ty*

78. *ac- / cid / -ent*

79. *liter / -al*

80. *re- / in- / carn / -ate*

81. *in- / carcer / -ate*

82. *herb / -i- / vor / -e*

83. *e- / loqu / -ent*

84. *re- / cess*

85. *ac- / celer / -ate*

86. *cent / enn / -i- / al*

87. *ag- / grav / -ate*

88. *con- / cern*

89. *chron / -ic*

90. *pro- / mis / -e*

91. *con- / clud / -e*

92. *ac- / cord*

93. *dem / -o- / crac / -y*

94. *doc / -t- / -or / -ine*（這個字是由 doctor 加上 *-ine* 而來的，所以才會拆解出 *-or*）

95. *ed / -ible*

96. *in- / trud / -e*

97. *de- / fin / -ite*

98. *con- / firm*

99. *il- / lumin / -ate*

100. *in- / nov / -ate / -ion*

↖ 1.2.3 字根首尾的體現

conspicuous 是源自拉丁文的 ***conspicuus***，再從 ***conspicere*** 而來，是由 ***com-*** 加上 ***specere***。conspicuous 拆解成 ***con-*** + ***spic*** + ***-u-*** + ***-ous***，con- 是加強語氣，*spic* 是「**看**」的意思，所以字面上的意思為「**something that is observed**」、「**東西被看見**」。

單字	字根的拉丁文	省略的字尾	字根	意思
例：supply	*plēre*	*ere*	*pl*	to fill
1. pedestrian	*pēdis*	*is*	*ped*	foot
2. postpone	*pōnere*	*ere*	*pon*	put, place
3. report	*portāre*	*āre*	*port*	to carry
4. primary	*prīmus*	*us*	*prim*	first
5. approve	*probāre*	*āre*	*prob*	to try, test something
6. feminine	*femina*	*a*	*femin*	woman, female
7. radical	*rādīcis*	*is*	*radic*	root
8. opera	*operis*	*is*	*oper*	a work
9. erupt	*rumpēre*	*ēre*	*ru(m)p*	to break, rupture
10. insect	*secāre*	*āre*	*sec*	to cut
11. preside	*sēdēre*	*ēre*	*sed, sid*	to sit
12. regal	*rēgis*	*is*	*reg*	king

13. contagious

    parse: *con- / tag / -i- / -ous*

    CR: 大家都碰（*tag*）在一起（*con-*）

    ER: everyone stays together (con-) and touches (tag) each other

    definition: 接觸性傳染的

14. disrupt

    parse: *dis- / rup / -t*

    CR: 事情進行到一半就破（*rup*）掉（*dis-*）了

    ER: to break (*rup*) apart (*dis-*)

    definition: 打斷；中斷

15. symphony

    parse: *sym- / phon / -y*

    CR: 各種聲音（*phon*）聚在一起（*sym-*）

    ER:various kinds of sounds (*phon*) are together (*sym-*)

    definition: 交響樂；交響曲

16. telescope

    parse: *tele- / scop / -e*

    CR: 可以讓看（*scop*）很遠（*tele-*）

    ER: something that enables you to see (*scop*) far away (*tele-*)

    definition: 望遠鏡

17. selection

    parse: *se- / lec / -t*

    CR: 從一群裡面挑選（*lec*）出來（*se-*）

    ER: choosing (*lec*)out (*se-*)

    definition: 選擇；挑選

18. aeronautics

   parse: *aer / -o- / nau / -t- / -ic / -s*

   CR: 有關空中（*aer*）航行（*nau*）的學說（*-ic + -s*）

   ER: a study (*-ic + -s*) about ships (*nau*) in the air (*aer*)

   definition: 航空學

19. herbivore

   parse: *herb / -i- / vor / -e*

   CR: 吃（*vor*）草（*herb*）的

   ER:one who eats (*vor*) grass (*herb*)

   definition: 草食性動物

20. trident

   parse: *tri / dent*

   CR: 長得像三（*tri*）顆牙齒（*dent*）

   ER: that which looks like three (*tri*) teeth (*dent*)

   definition: 三叉戟

21. concentrate

   parse: *con- / centr / -ate*

   CR: 一起（*con-*）聚集在中間（*centr*）

   ER: to gather at the center(*centr*) together (*con-*)

   definition: 專注；專心

22. introduce

   parse: *intro- / duc / -e*

   CR: 引導（*duc*）進去（*intro-*）

   ER: to lead (*duc*) something into (*intro-*) something

   definition: 介紹；引進

23. homonym

parse: *homo- / onym*

RN: 母音刪除律

24. antagonize

parse: *anti- / agon / -ize*

RN: 母音刪除律

25. parenthesis

parse: *para- / en- / the / -sis*

RN: 母音刪除律

26. expatriate

parse: *ex- / pater / -i- / -ate*

RN: e, o 刪除律

27. metric

parse: *meter / -ic*

RN: e, o 刪除律

28. executive

parse: *ex- / secu / -t- / -ive*

RN: S 刪除律

29. elevate

parse: *ex- / lev / -ate*

RN: X 刪除律

30. evaporate

parse: *ex- / vap / -or- / -ate*

RN: X 刪除律

31. emerge

parse: *ex- / merg / -e*

RN: X 刪除律

32. ebullient

parse: *ex- / bull / -i- / -ent*

RN: X 刪除律

1.4 玩單字的第三步│格林法則

↖ 1.4.3 格林法則的體現

單字	字根	同源轉音字	語源
例：solstice	*sol*	sun	**sawel-*
1. pedestrian	*ped*	foot	**ped-*
2. cardiology	*cardi*	heart	**kerd-*
3. interstellar	*stell*	star	**ster-(2)*
4. batter	*bat*	beat	**bhau-*
5. similar	*sim*	same	**sem-(1)*
6. clarity	*clar*	clear	**kele-(2)*
7. include	*clud*	close	**klau-*
8. denture	*dent*	tooth	**dent-*
9. edible	*ed*	eat	**ed-*
10. deduce	*duc*	tug	**deuk-*
11. energy	*erg*	work	**werg-*
12. transfer	*fer*	bear	**bher-(1)*
13. confidant	*fid*	faith	**bheidh-*
14. inflation	*fl*	blow	**bhle-*
15. flora	*flor*	flower	**bhel-(3)*
16. fragment	*frag*	break	**bhreg-*
17. homogeneity	*gen*	gene	**gene-*
18. linguistics	*lingu*	tongue	**dnghu-*
19. paralysis	*ly*	loose	**leu-*
20. direct	*rec*	right	**reg-*
21. aural	*aur*	ear	**ous-*
22. eliminate	*limin*	limit	L. līmen

23. precocious	*coc*	cook	*pekw-
24. medieval （請列出字根 medi）	*medi*	middle	*medhyo-
25. mentality	*ment*	mind	*men-(1)
26. parameter	*meter*	measure	*me-(2)
27. mobilize	*mob*	move	*meue-
28. novice	*nov*	new	*newo-
29. companion	*pan*	food	*pa-
30. anonymous	*onym*	name	*no-men-
31. compel	*pel*	push	*pel-(5)
32. complement	*pl*	fill	*pele-(1)
33. triple （請列出字根 pl）	*pl*	fold	*pel-(2)
34. puncture	*punc*	punch	*peuk-
35. popular	*popul*	people	L. populus
36. impotent	*pot*	power	*poti-
37. appreciate	*preci*	price	*per-(5)
38. approbate	*prob*	prove	L. probāre
39. radical	*rad*	root	*wrād-
40. sedative	*sed*	sit	*sed-(1)
41. lucid	*luc*	light	*leuk-
42. resonant	*son*	sound	*swen-
43. constitute	*stitu*	stand	*sta-
44. tenuous	*tenu*	thin	*ten-
45. nasal	*nas*	nose	*nas-

46. menopause （請列出字根 men）	*men*	month	*me-(2)*
47. inundate	*und*	water	*wed-(1)*
48. utilize	*ut*	use	L. utī
49. equivocal （請列出字根 voc）	*voc*	voice	*wekw-*
50. volition	*vol*	will	*wel-(2)*
51. concurrent	*cur(r)*	car	*kers-*
52. platform （請列出字根 plat）	*plat*	flat	*plat-*
53. nepotism	*nep*	nephew	*nepot-*
54. Pisces	*pisc*	fish	*pisk-*
55. pyromaniac （請列出字根 pyr）	*pyr*	fire	*paewr-*
56. peril	*per*	fear	*per-(3)*
57. paucity	*pauc*	few	*pau-(1)*
58. capital	*capit*	head	*kaput-*
59. perforate	*for*	bore	*bhorh-*
60. abbreviate	*brevi*	brief	*mregh-u-*
61. vermicular （請列出字根 verm）	*verm*	worm	*wer-(2)*
62. vigilant	*vig*	wake	*weg-*
63. cornea	*corn*	corner	*ker-(1)*
64. convey	*ve*	way	*wegh-*

65. dilemma （請列出字根 di）	*di*	two	**dwo-*
66. triple （請列出字根 tri）	*tri*	three	**trei-*

索引

💡 參考書目

illllllllllllllllllllllllllllllllllllllllllllllllllllllllllllllllll

（一）中文部分

1. 莫建清（民 111）。**三民精解英漢辭典（全新增訂版）**。臺北市：三民。

2. 莫建清（民 111）。**從語音的觀點談英語詞彙教與學（二版）**。臺北市：三民。

3. 黃宏祿、魏延斌、楊智民、廖柏洲、林麗英、陳冠名（民 110）。**格林法則魔法學校二部曲：六大名師打造格林法則公職英文單字魔法書高考、普考、特考、銀行、國營事業滿分神之捷徑，一考就上**。臺北市：凱信。

4. 陳冠名、楊智民（民 108）。**我的第一本格林法則英文單字魔法書：全國高中生單字比賽冠軍的私密筆記本，指考、學測、統測、英檢滿分神之捷徑**。臺北市：凱信。

5. 忻愛莉、楊智民、蘇秦（民 108）。**格林法則單字記憶法：音相近、義相連，用轉音六大模式快速提升 7000 單字學習力**。臺中市：晨星。

6. 楊智民、蘇秦（民 106）。**地表最強英文單字：不想輸，就用「格林法則」背 10,000 個英文單字（1MP3）**。臺北市：我識。

7. 莊詠翔（民 109）。**全國高中生英文單字比賽冠軍的私密筆記：英文字神教你三大記憶法，帶你從學習中脫困，大考逆轉勝**。臺北市：凱信。

8. 劉毅（民 107）。**英文字根字典**。臺北市：學習。

9. 李平武（民 105）。**英語詞綴與英語派生詞（新版）**。上海市：外語教學與研究。

10. 李平武（民 106）。**英語詞根與單詞的說文解字（新版）**。上海市：外語教學與研究。

11. 旋元佑（民 90）。**字源大挪移**。新北市：經典傳訊。

12. 旋元佑（民 108）。**旋元佑英文字彙**。新北市：眾文。

13. 賴世雄、李端（民 102）。**快速記憶英文字首字根字尾**。臺北市：常春藤。

14. 許章真（民107）。**最重要的 100 個英文字首字根（30 週年紀念版）**。臺北市：書林。

15. 原島広至（民110）。**英文字源解剖全圖鑑：第一本左右跨頁，完整呈現拉丁語希臘語的英語起源**。劉芳英。新北市：語研學院。

（二）英文部分

1. Baldi, Philip. The Foundations of Latin. Germany: Walter de Gruyter.

2. Baugh, AlbertC. A History of the English Language. 5 th ed. United Kingdom: Routledge.

3. Beekes, Robert. Etymological Dictionary of Greek. Netherlands: Brill.

4. Booij, Geert. The Grammar of Words: An Introduction to Linguistic Morphology. 2 nd ed. United States: Oxford University Press.

5. Boyd-Bowman, Peter. From Latin to Romance in Sound Charts. United States: Georgetown University Press.

6. Campbell, Lyle. Historical Linguistics: An Introduction. United States: MIT Press.

7. Clackson, James and Geoffrey Horrocks. The Blackwell History of the Latin Language. United States: Wiley-Blackwell.

8. Danner, Horace. A Thesaurus of English Word Roots. United States: Rowman & Littlefield Publishers.

9. Denning, Keith, Brett Kessler and William R. Leben. English Vocabulary Elements. 2 nd ed. United States: Oxford University Press.

10. Department of Linguistics. Language Files: Materials for an Introduction to Language and Linguistics. 12 th ed. United States: Ohio State University Press.

11. Friend, Carol, Laura D. Knight and Teresa Ferster Glazier. The Least You Should Know about Vocabulary Building: Word Roots. 8 th ed. United States: Cengage.

12. Green, Tamara. The Greek and Latin Roots of English. 5 th ed. United States: Rowman and Littlefield.

13. Hippisley, Andrew and Gregory Stump. The Cambridge Handbook of Morphology. 1 st ed. United Kingdom: Cambridge University Press.

14. Hoad, T. F. The Concise Oxford Dictionary of English Etymology. United States: Oxford University Press.

15. Hock, Hans Henrich. Language History, Language Change, and Language Relationship: An Introduction to Historical and Comparative Linguistics. 2 nd ed. German: De Gruyter.

16. Horobin, Simon. How English Became English: A Short History of a Global Language. 1 st ed. United States: Oxford University Press.

17. Houghton Mifflin Harcourt Publishing Company (COR). The American Heritage Dictionary of the English Language. 3 rd ed. United States: Houghton Mifflin.

18. Lewis, Norman. Word Power Made Easy: The Complete Handbook for Building a Superior Vocabulary. United States: Anchor.

19. Liberman, Anatoly. Word Origins and How We Know Them: E tymology for Everyone. United States: Oxford University Press.

20. Mallory, James and Douglas Adams. The Oxford Introduction to Proto-Indo-European and the Proto-Indo-European World. United States: Oxford University Press.

21. McArthur, Tom and Roshan McArthur. The Concise Oxford Companion to the English Language. 1 st ed. United States: Oxford University Press.

22. Millward, Celina M. and Mary Hayes. A Biography of the English Language. 3 rd ed. United States: Cengage.

23. Minkova, Donka and Robert Stockwell. English Words: History and Structure. 2 nd ed. United Kingdom: Cambridge University Press.

24. Palmer, Leonard R. The Greek Language. United Kingdom: Faber and Faber.

25. Palmer, Leonard R. The Latin Language. United States: University of Oklahoma Press.

26. Partridge, Eric. Origins: A Short Etymological Dictionary of Modern English. 1 st ed. United Kingdom: Routledge.

27. Posner, Rebecca and John N. Green. Trends in Romance Linguistics and Philology. Vol. 1. Berlin: Walter de Gruyter.

28. Rasinski, Timothy, Nancy Padak, Rick Newton and Evangeline Newton. Greek and Latin Roots: Keys to Building Vocabulary. 1 st ed. United States: Shell Education.

29. Schleifer, Rob. Grow Your Vocabulary: By Learning the Roots of English Words. United States: Penguin Reference House.

30. Sihler, Andrew L. New Comparative Grammar of Greek and Latin. United States: Oxford University Press.

31. Sloat, Clarence and Sharon Taylor. The Structure of English Words. 5 th ed. United States: Kendall Hunt.

32. Stuart-Smith, Jane. Phonetics and Philology: Sound Change in Italic. United States: Oxford University Press.

33. Vaan, Michiel. Etymological Dictionary of Latin and the Other Italic Languages. Netherlands: Brill.

34. Watkins, Calvert. <u>The American Heritage Dictionary of Indo-European Roots.</u> United States: Houghton Mifflin.

35. Woodard, Roger D. <u>The Cambridge Encyclopedia of the World's Ancient Languages.</u> United Kingdom: Cambridge University Press.

語研力 *E076*

英文字神玩轉單字：

學一次，能用一輩子的單字記憶法！

作　　　者	莊詠翔
顧　　　問	曾文旭
聯合審定	楊智民、陳冠名
出版總監	陳逸祺、耿文國
主　　　編	陳蕙芳
執行編輯	翁芯俐
美術編輯	李依靜
法律顧問	北辰著作權事務所

印　　　製	世和印製企業有限公司
初　　　版	2023 年 01 月
初版二刷	2023 年 05 月
出　　　版	凱信企業集團 - 凱信企業管理顧問有限公司
電　　　話	（02）2773-6566
傳　　　真	（02）2778-1033
地　　　址	106 台北市大安區忠孝東路四段 218 之 4 號 12 樓
信　　　箱	kaihsinbooks@gmail.com

定　　　價	新台幣 380 元／港幣 127 元
產品內容	1 書

總 經 銷	采舍國際有限公司
地　　　址	235 新北市中和區中山路二段 366 巷 10 號 3 樓
電　　　話	（02）8245-8786
傳　　　真	（02）8245-8718

國家圖書館出版品預行編目資料

英文字神玩轉單字：學一次，能用一輩子的單字記
憶法！／莊詠翔著. – 初版. – 臺北市：凱信企業集
團凱信企業管理顧問有限公司, 2023.01
　　面；　公分
ISBN 978-626-7097-52-6(平裝)

1.CST: 英語 2.CST: 詞彙
805.12　　　　　　　　　　　　111020301

凱信企管

用對的方法充實自己，
讓人生變得更美好！

凱信企管

用對的方法充實自己，
讓人生變得更美好！

凱信企管

用對的方法充實自己，
讓人生變得更美好！

凱信企管

用對的方法充實自己，
讓人生變得更美好！